AMAR ELOS VERMELHOS

MÁRCIA MEIRA BASTO

AMARELOS

CONTOS

VERMELHOS

Labrador

© Márcia Meira Basto, 2024
Todos os direitos desta edição reservados à Editora Labrador.

Coordenação editorial Pamela Oliveira
Assistência editorial Leticia Oliveira, Jaqueline Corrêa
Projeto gráfico, diagramação e capa Amanda Chagas
Preparação de texto Laila Guilherme
Revisão Amanda Gomes
Imagens de miolo Maurizio Manzo

Dados Internacionais de Catalogação na Publicação (CIP)
Jéssica de Oliveira Molinari - CRB-8/9852

Basto, Márcia Meira
   Amar elos vermelhos / Márcia Meira Basto.
São Paulo : Labrador, 2024.
128 p. : il.

ISBN 978-65-5625-483-8

1. Contos brasileiros I. Título

23-6449   CDD B869.3

Índice para catálogo sistemático:
1. Contos brasileiros

Labrador

Diretor-geral Daniel Pinsky
Rua Dr. José Elias, 520, sala 1
Alto da Lapa | 05083-030 | São Paulo | SP
contato@editoralabrador.com.br | (11) 3641-7446
editoralabrador.com.br

A reprodução de qualquer parte desta obra é ilegal e configura uma apropriação indevida dos direitos intelectuais e patrimoniais da autora. A editora não é responsável pelo conteúdo deste livro.
Esta é uma obra de ficção. Qualquer semelhança com nomes, pessoas, fatos ou situações da vida real será mera coincidência.

PREFÁCIO

Você já reparou na poesia das mulheres? Cora Coralina, Adélia Prado, Clarice Lispector, Cecília Meireles, escrevem com o útero. Homens escrevem, via de regra, com o cérebro. Alguns conseguem escrever com o coração: Fernando Pessoa. Outros, ainda, com as vísceras: Augusto dos Anjos. Mas nenhum com o útero. Alguns têm uma grande sensibilidade para a alma feminina: Chico Buarque. Mas não escrevem com o útero. Naturalmente, homem e mulher escrevem com a alma. O recôndito a partir de onde essa alma se manifesta é que difere.

Temos já há algum tempo, entre nós, mais uma escritora uterina: Márcia Basto. Ganhadora de um prêmio municipal, sua poesia, mais do que estadual ou federal, é universal. Modesta, não tira ouro do nariz (Drummond), mas tudo o que escreve é ouro puro. Ouro que eventualmente se manifesta na referência ao próprio metal, mesmo que não esteja falando dele. Ao ler Márcia, a sensação é a de que se encontrou um veio de ouro líquido. Ela escancara a alma, se desnuda e abre as próprias veias para fazermos o percurso desse filão.

E quanto mais a gente lê, mais quer ir adiante. Mas é bom não ir depressa demais. Não que o andor seja de barro, ele é de madeira de lei daqueles que o cupim não rói. Márcia é densa. Não dá para ler sofregamente, mesmo que sua poesia nos tire o fôlego. Sua poesia não é cachaça, que se bebe de um só gole. É licor, ou vinho do

Porto. É para ser sorvida lentamente. É para ler devagar, para poder divagar na beleza que ela faz desvelar-se ante nosso espírito.

Adélia e Clarice, tudo que escrevem é poesia, mesmo quando dizem que estão apenas prosando. Com Márcia é a mesma coisa. Como classificar o conjunto dos textos que ela ora nos apresenta? Conto? Romance? Prosa poética? Não. Poesia pura.

Transformação, transfiguração, transposição, transliteração (da língua dos deuses), transubstanciação (o milagre da palavra), Márcia é trans. "Faca só lâmina, punhal, espada, ela atravessa o caroço das palavras e extrai a seiva pura do sangue de suas veias que nos oferece em sacrifício. A Menina sangrava, a vida sangrava, a pureza sangrava".

Márcia é um convite à coragem (de ser), à verdade, à aventura de escancarar a alma despudoradamente e oferecê-la como presente a quem a lê.

Márcia é ourives. Tece cuidadosamente as frases em arranjos harmoniosos, burilando cada palavra e colocando-a em seu devido lugar:

"A Menina tinha um sorriso nos lábios, mas sua face do avesso chorava".

"O rosto do artista é o invisível".

A autora nos diz: "Não sabia se fora um sonho sonhado ou uma recordação imaginada". Ninguém recorda a própria história, mesmo estando no divã psicanalítico. Na verdade, constrói-se um mito, que Lacan chamou de "o mito individual do neurótico". Toda recordação é imaginada, já que nossa verdadeira história está perdida para sempre. Márcia não diz "vou contar a minha história", mas, apropriadamente, "vou fazer a minha história, que depois de pronta será também de vocês". Ela constrói a história dela, que também é a nossa.

Aqui e ali, Márcia deixa transparecer sua veia mística, introspectiva: "Houve um tempo em que procurei, nos sons do mundo, escutar a voz que me dissesse e sustentasse". Isto nos lembra Chenrezig, o bodisatva da grande compaixão, "aquele que ouve os sons do mundo" e abdica do nirvana até que todos os seres estejam iluminados.

A autora cria um alter ego, a Menina, para dialogar com outro alter ego, a Mulher, colocando-se na posição de observadora como o meditante faz com os pensamentos durante a meditação.

Márcia refere-se, recorrentemente, ao nada, ao silêncio, ao vazio. Mas o seu nada não é niilista. Trata-se de um vazio pleno, aquele sem o qual um vaso não é um vaso. É um vaso vazio cheio do ar puro que restaura o espírito.

A autora também nos fala do "Branco e Silêncio da cegueira sábia de Tirésias". Em todos os tempos, nas mais variadas culturas, inclusive na nossa, a figura do sábio vidente é, muitas vezes, representada por um cego. Édipo, ao enxergar sua verdade, cega os próprios olhos. Tirésias troca a visão física por uma outra "visão": o gozo da mulher. É quando nos cegamos para "as dez mil coisas" do mundo das aparências que mergulhamos nesse Branco (reunião de todas as cores) e enxergamos, no silêncio, a nossa verdade mais profunda. Gozo incomensurável.

O texto de Márcia é uma catarse, embora não seja, nem de longe, terapia literária. Na sua narrativa, Márcia expurga seus demônios e fantasmas ("fantasmas são saudades"), fisgando os do leitor, oferecendo a este a própria catarse. Ela usa o método dos xamãs que, ao narrarem um mito coletivo, possibilitam que o paciente se liberte dos "maus espíritos", daquilo que o adoece.

Márcia nos mostra uma grande coragem de se revelar inteira, nua, desgarrada da vida. Como falou sua querida Clarice — tema da sua tese de mestrado — em *Um sopro de vida*: "Tento abrir as comportas, quero ver a água jorrar com ímpeto. Quero que cada frase deste livro seja um clímax".

Cada frase do livro de Márcia é um clímax.

Antonio Guinho

APRESENTAÇÃO

O rosto do artista é anulação: de sua boca sopra o som divino, dos seus olhos saem faíscas, que às vezes amornam, outras queimam e, ainda outras, congelam e matam.

MÁRCIA MEIRA BASTO

BUSCANDO A SI MESMO NO OUTRO DA CRIAÇÃO

Sempre achei que o rosto do artista deve ser revelado somente através de seu fazer: para não quebrar o feitiço, não evaporar o mistério. Ao criar, o artista torna-se, ele mesmo, negação, ausência: casulo de onde nascem as borboletas que vão ser tatuadas na alma de seu público. Pois seria de alguma valia sabê-lo, isto ou aquilo, apresentá-lo numa identidade fixa e congelada, composta de cenários superpostos se, para criar, ele teve que retornar a um sem face, sem contornos, ao invisível da origem do mundo? Nessas horas seu rosto é apenas uma máscara que protege a Deus. E a epifania do mistério é feita na relação direta do seu público com os mundos produzidos por palavras, imagens, cores, linhas, sons, texturas, sentimentos.

Por isso, neste momento do agora, sem rosto, sem nome, sem história ou destino, liberta do meu corpo, da espera e do desejo, serei para vocês, leitores, apenas uma passagem. Portal de entrada para um mundo construído por palavras oriundas da força bruta do ser. Palavra que, às vezes, se veste com a dureza das rochas milenares e despenca, abrindo crateras de uma morada infernal e, outras, é cicatriz: escavacando a memória e esculpindo, em pedra e ferro, a vida e o dizer. Mas que pode também ser *suor*: de carregar a fadiga do trabalho realizado na clareira feita pelo fogo roubado aos deuses pela mulher. E que, mais adiante, se transforma em *seta*, disparando o impulso avassalador, que, num ato e num ímpeto, oprime e imprime na carne a dor da saudade do que não foi — ou já não é. Por isso convido: entrem e descubram um mundo feito de *palavras em preto e branco* envoltas da luminosidade tênue do crepúsculo que desvela um caminho sombreado. Caminho que, sendo um só, não possui placas, nem indicações, nem paradas, nem destino. E que vocês terão que percorrer levados pelas mãos da imaginação que provém da força vital da mulher.

AMARELOS

15 ·· Amarelos
17 ······································ Quando crescermos
21 ······································ A menina e o lobo
23 ·· Barbarela
29 ···················· A menina, a história e o espelho
34 ······································ Estrelas exiladas
37 ·· Fantasmas
41 ······································ A menina e o medo
45 ···················· A menina que acendeu as estrelas
46 ·· O mascarado
49 ································ A menina e o sagrado
55 ·········· Sete desejos e a escuridão – uma saga da infância

VERMELHOS

Retalhos com muitas histórias 63
O caminho 65
No espelho, quem sou? 67
Sou meu próprio personagem 70
Ilusão e encontro 73
A infância assassinada 75
Passado que não passou 81
Raiz da paixão 88
Subterrâneo 98
Sobre a cura da alma na magia da escuridão 103
Exercício de aquietar nostalgia 105
Uma casa no meio do nada 108
A mulher e as palavras 111
As várias faces da mulher 115
Liberdade 116
A mulher e as máscaras 119
Paralelas 124

EPÍLOGO

Branco/Branquidez/BranCURA 126
... depois da cura, somente alegria 127

AMARELOS

AMARELOS

Amarelos irradiando a alegria da infância. Reluzindo no olhar da Menina. Espalhando-se pelos campos onde sonhos serão construídos.

Amarelos dos girassóis ardentes de Van Gogh ladeando os caminhos a serem percorridos. Amarelos das auroras plenas de luz, dos despertares para a magia de cada dia. Onde a Menina, frente a um riacho com mangueiras e árvores floridas, adivinhará um futuro ensolarado. Escutará a sinfonia de pássaros cantando os amarelos da liberdade de um voo.

Amarelos dos contentamentos pelas lambidas de beijo do seu cachorro. Das brincadeiras de amarelinha, pega-pega, queimada, esconde-esconde e tantas outras inventadas a partir das coisas desimportantes. Da descoberta dos sapos transformados em príncipes.

Amarelos do fogo das fogueiras de festas juninas, queimando a lenha decomposta nas cinzas de todas as despedidas.

Amarelos das faíscas crepitando nos pés da Mulher que virá no amanhã.

Amarelos diluídos no branco do tempo que carrega esperanças lilases e forma retalhos de lembranças em um canto de saudade.

Amarelos da alegria que não cabe na palavra e repousa no silêncio.

Amarelos que incendeiam a tela vazia da memória, com manchas formando flores despertadas para a vida.

Amar (os) elos preenchendo espaços desabitados com os azuis de calmarias de um tempo do ontem.

Amarelos que adivinham o abandono da pureza da Menina pelos vermelhos da Mulher.

Amarelos fundindo para sempre a Menina e a Mulher, na luz que ocupa todo o dentro da casa da infância.

AMAR ELOS ligando Menina/Mulher à Vida.

QUANDO CRESCERMOS

Quero ser médico. Engenheiro. Artista plástico. Rico. Famoso. Presidente. Escritor. Pensador. Dentista. Ator. Advogado. Juiz. Empresário. Professor. Ditador. Atleta. Modelo...

Ao redor da Menina todos pareciam traçar um futuro previsível onde um amanhã, decidido no hoje, seria o "abre-te, sésamo" da felicidade. Pegando em suas mãos os tantos sonhos de futuro disponíveis, ela não conseguia se enxergar em nenhum deles.

Será mesmo necessário decidirmos no hoje o que seremos amanhã? Será essa a única maneira de sonhar com o futuro? É preciso comprar no agora o bilhete da viagem sem sabermos sequer aonde queremos ir? Como escolher um rumo? O rumo para seguir a viagem do existir e chegar lá? Lá no topo, no outro lado da montanha, na outra margem do rio, no fim da estrada, na terra prometida da cidade invisível onde habitam os vencedores?

A Menina queria saber se quando crescesse guardaria na Mulher do amanhã os amarelos da infância ou se o rosto continuaria a ser apenas uma embalagem com vistoso papel de presente, uma alma acanhada por causa dos indiscretos olhares do mundo.

Quando crescermos, continuaremos a ver no espelho um alguém que às vezes nos sorri e alegra e, em outras, nos estranha e assusta? Teremos os mesmos temores, humores e alegrias? Mudaremos de casa, família, amigos e paisagens? Compreenderemos, enfim, tudo aquilo que nos faz ser quem somos ou seremos estranhos de nós mesmos? Seguiremos as rotas de nossos próprios sonhos ou habitaremos mundos sinalizados que nunca nos levarão ao novo e ao diferente?

Olhando para o tão falado futuro, a Menina queria acreditar que encontraria as palavras certas para traduzir-se, não adivinhando que usaria novas palavras para ocultar-se.

Quando crescermos, nosso olhar saberá realçar o amarelo das manhãs e o azul das tardes? E o mar, deixado para trás, continuará a embalar-nos com a canção das ondas e o sussurrar da ventania? Nossos olhos cansados apagarão a infância? A espera dos amores e das ilusões ficará perdida na vastidão do mundo? Colheremos as pedras encontradas no meio do caminho? Seremos capazes de sonhar sonhos que acenderão escuros e acolherão o cansaço no abraço do ente amado? Nossos desejos, sossegados pelos tons esmaecidos guardados na memória, poderão nos salvar do desemparo?

A Menina sonhava em encontrar no amanhã amores, certezas e esperanças que viriam a transformá-la num alguém feliz. Mas o sonho de futuro muitas vezes era acordado pela sensação de que jamais deixaria de ser o branco manchado que lhe era devolvido pelo espelho.

Quando crescermos, contaremos o tempo pelo relógio que marca o tempo das coisas que precisam ser feitas ou saberemos ver o dia e a noite, o sol e a lua como paisagens convidativas?

Eram tantas as perguntas voando com o vento que a Menina do ontem não conseguiu descansar nos pensamentos da Mulher do hoje.

1 2 3

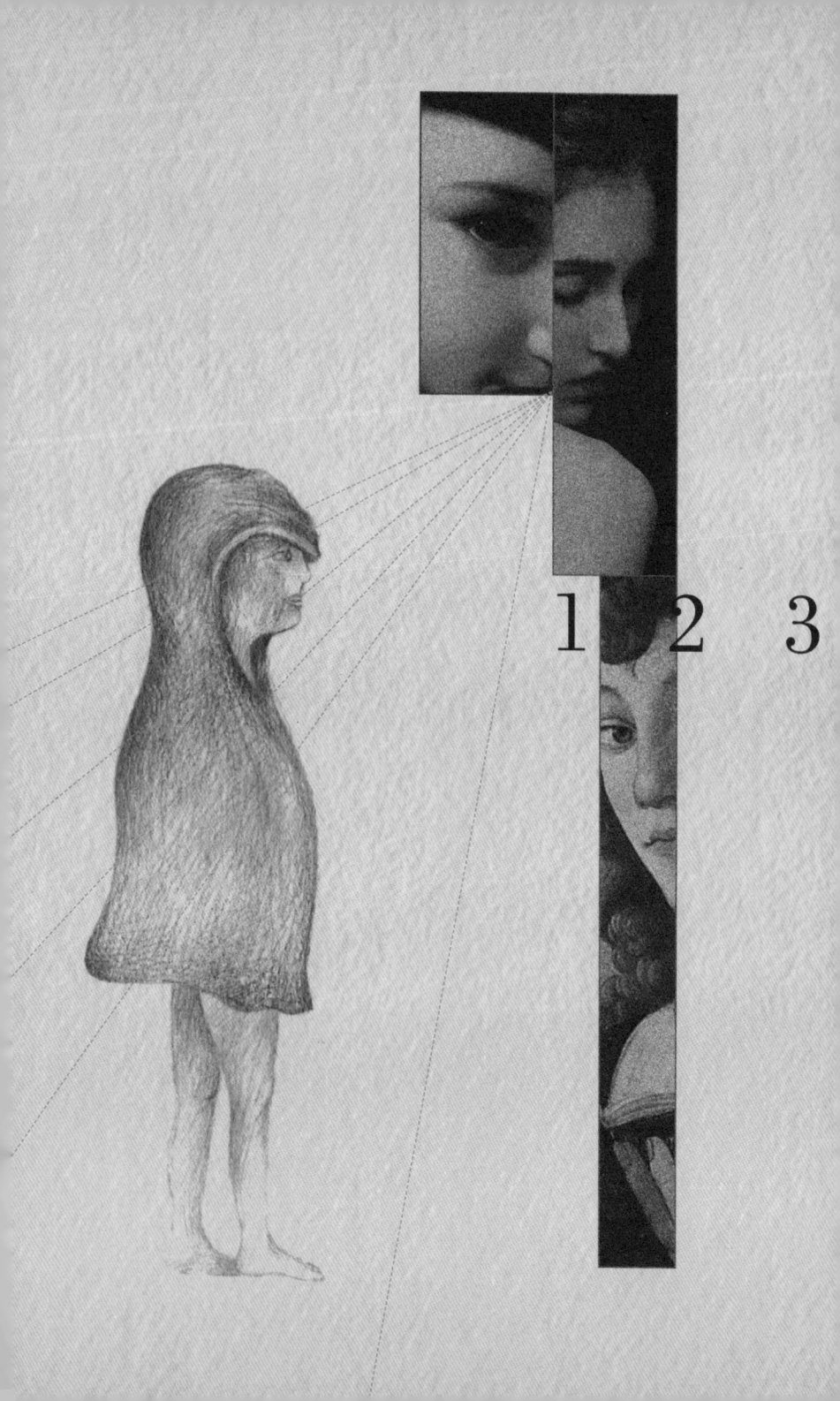

A MENINA E O LOBO

Uma das histórias que mais fascinavam a Menina e mexiam com suas emoções era a de Chapeuzinho Vermelho. O Lobo era o personagem preferido.

Curiosa, não gostava da mesmice dos dias que se sucediam. Tampouco suportava submeter-se a regras. Acatar, sem discussão, os avisos sobre os perigos da vida. Destemida, não seguia regras e questionava os conselhos dos mais velhos: eram prepotentes e donos da verdade.

Houve um dia no qual a Menina, montada na sua bicicleta vermelha que acabara de ganhar no Natal, resolveu passear.

A mãe alertou que evitasse entrar no Beco dos Perdidos.

Chegando na esquina do Beco, em vez de seguir em frente sentiu um impulso incontrolável para conhecer o lugar. A atração pelo desconhecido lhe dava coragem para superar o medo. Estava cansada da monotonia da rotina diária de brincadeiras e afazeres.

O cheiro exalado dos manguezais, árvores troncudas e sinistras que não deixavam a luz do sol entrar, matagais fechados, ruas de calçadas estreitas com casas de portas fechadas exerceram na Menina um apelo que minava o medo e fazia aflorar uma volúpia desconhecida. Um desejo de deixar-se devorar por aquele fascínio: mergulhar nas sombras do beco e entregar-se ao apelo da transgressão. Juntar-se aos seres extraviados que ali moravam: libertar-se da infância.

Ao entrar no Beco, foi invadida por uma sensação nunca antes experimentada. Mais do que excitação, cólica doendo no estômago, medo ou arrependimento, a desobediência a plenificava de um sentir diferente. O gosto agridoce da transgressão.

Algo se despregava do seu corpo infantil, feito mudança de pele da serpente: o libertar-se da inocência. Assumindo outra identidade dela mesma, veio uma fome pelo proibido: um novo modo de estar no mundo. De início, temor de enfrentar o novo. Após, a cega determinação de prosseguir e a certeza de que seria impossível voltar.

BARBARELA

Era uma vez uma história.

História que encantou a Menina e a levou a inventar outra história que, um dia, me contou:

Barbarela era uma menina perguntadeira. Curiosa, gostava de entender pessoas, coisas e, acima de tudo, palavras. Para compreender, precisava ver e escutar aquilo que estava escondido atrás das palavras. Quando Barbarela queria descobrir o que estava guardado atrás dos nomes, cavava um buraco bem fundo e desenterrava um tesouro escondido.

Quando escutava músicas, entrava na melodia para tocar a alma da palavra. Uma alma que tinha vida e expressão e se manifestava pelo mundo. Não a alma pura e imaculada da qual falava a tia Lígia.

Palavras são potros selvagens que ainda não podem ser montados. Encantadora de animais, Barbarela certamente saberia fazer com as palavras o que fez com Teodoro, seu cão labrador: conquistar a confiança e a amizade, com mansidão.

Um dia, olhando para seus pés alvos, finos e quase transparentes, entendeu de imediato o que era perfeição: o belo na sua máxima expressão. Harmonia de alguma coisa que se apresenta completa, concluída, agradável ao olhar.

Assim pensava Barbarela enquanto continuava a olhar, maravilhada, para os pés. Pés que contradiziam a própria funcionalidade, o motivo de existirem. Porque seus pés não sugeriam andanças, caminhadas, peregrinações. Eram alicerces da vida. Alicerces sólidos e quase imperceptíveis do templo de uma deusa antiga adorada por todos.

A pele delicada e macia dos pés de Barbarela contrastava com a aspereza de suas mãos, marcadas pelos afazeres mundanos. Os pés eram soberanos, majestosos, superiores. Canal por onde passava a seiva da mãe terra. Pés, apoiados numa concha, sustentando a deusa Afrodite. Princípio de tudo. Base da sabedoria e do futuro.

Barbarela deixava-se ficar nesse encantamento ao mesmo tempo que, na casa, os planos articulados para Mundy e Ana prosseguiam. Não era incluída em nenhum desses projetos, e nada tinha em comum com aquelas pessoas, a não ser mero laços de sangue, estranhos à sua vontade. Laços que cedo demais foram desfeitos pela incompatibilidade de existir. Dos pais, mortos quando Barbarela ainda era bebê, não tinha lembranças. Então inventava abraços, fatos, cenas. Acontecimentos que pudessem preencher a tela branca que era a sua memória de infância.

A figura da mãe construída na sua imaginação ficava cada dia mais distante. Nada possuía em comum com a tia Nô, que bem desejava ter sido sua mãe. Autoritária, durona, insensível, vivia em função de obter para as filhas "segurança no mundo". Isso significava um marido rico e bem-posicionado.

A prioridade da casa era fazer com que Mundy e Ana frequentassem os lugares onde desencantariam o príncipe dos sonhos.

Barbarela vivia à parte. Excluída. Não suportava os amigos das primas, o jeito arrogante e desdenhoso com o qual se referiam a tudo que não tivesse o aval do seu grupo. Por amigos, em vez de figuras de carne e osso, Barbarela tinha as personagens que conhecia nos livros. Fadas bondosas, duendes, sílfides, anões, gigantes, dragões e príncipes. Árvores que falavam, flores exalando sublimes odores, pássaros cantando a solidão que compartilhavam no dia a dia de Barbarela. Com esses, sim, havia uma forte identificação e uma possibilidade: expressar sentimentos, temores e expectativas. Toda a aridez da casa, onde não havia flores, bichos e alegria, era atenuada pelas paisagens descobertas nos livros e incorporadas na alma.

Nos momentos em que Mundy e Ana saíam e tia Lígia ficava absorta pensando ou até mesmo rezando para que logo chegasse o grande dia das filhas, Barbarela podia se entregar aos devaneios, sem perigo de ser perturbada pela tagarelice ou pelo sarcasmo das primas. Nesses instantes de reclusão, podia transportar-se para outro mundo e nele experimentar seus únicos momentos de felicidade. Levantava-se da cama e pisava com os pés de porcelana nos jardins imaginários cobertos de verde, repletos de magnólias, violetas, girassóis. Escutando o canto dos pássaros, corria entre árvores e cumprimentava os amigos que habitavam na floresta: fadas e bruxas, reis e plebeus, assombrações e espíritos de luz. Dentre aqueles seres diferentes, tinha certeza de que, um dia, seus pés de deusa a conduziriam para um reino onde encontraria o amor.

O tempo passava, e cada vez mais Barbarela ausentava-se daquela casa para viver em outro tempo e espaço. Um dia, fora procurada por Mundy com uma delicadeza que causou estranhamento.

Demonstrando interesse pela sua vida, quis saber os livros que estava lendo, como estava indo na escola e até mesmo a convidou para sair. Passados alguns dias, Mundy voltou a procurá-la, pedindo-lhe que a deixasse fotografar seus pés, sob alegação de que se tratava de uma ilustração de trabalho escolar. Barbarela, apesar de desconfiada, pois, além de Mundy não se preocupar com os estudos, nunca merecera de sua parte tamanha gentileza, concordou.

Dias depois, Barbarela perguntou pela foto. Queria uma cópia. Mundy lhe disse, secamente, que o filme havia queimado. Tudo muito estranho, porque tinha visto outras fotos tiradas na mesma época. Porém, não se surpreendeu. As primas eram assim mesmo: faziam de tudo para não lhe dar nenhum prazer, como se alegria repartida fosse diminuída.

Encerrado o episódio, algumas semanas depois notou o rebuliço que causou um telegrama recebido na hora do almoço. A casa toda estava em euforia. Tia Lígia não parava de agradecer a Deus. Mundy e Ana suspiravam com ares de princesa e conversavam sobre como a vida seria diferente dali em diante. Chegariam à fama e ao sucesso rapidamente.

Na semana seguinte, Barbarela notou a casa muito arrumada, com a prataria brilhando, a toalha nova na mesa e as primas vestidas com suas melhores roupas.

Sabia que não haveria festa, e por isso estranhou. Às seis da tarde, a campainha tocou. Tia Lígia dispensou a empregada de abrir a porta e foi atender. Do lado de fora, um jovem de cabelos negros e encaracolados, pele muito alva e olhos enormes, que pareciam guardar a tristeza do mundo, se apresentou. Era o fotógrafo, que chegara para fazer o ensaio. Entrou. De uma bolsa de couro, tirou um par de sapatos.

Barbarela, da porta entreaberta do quarto, tudo observava. Maravilhada com o que via, indagava-se se eram mesmo sapatos. Tiras cobertas de pedrarias delicadas reluziam vermelhos, azuis e dourados. Uma lindeza. Verdadeira obra de arte. Aquilo era uma joia: sapatos de rainha, princesa, deusa.

Sem muito conversar, o moço abriu a sacola e tentou calçar a sandália em Mundy. Quando a garota estendeu a perna, o fotógrafo notou que o pé dela era absurdamente maior do que o sapato. De cara fechada, perguntou o que estava acontecendo, pois a foto enviada com o tamanho do pé correspondia exatamente ao tamanho da sandália que ele trouxera. Foi quando Ana, sem disfarçar a alegria e sem ligar para a decepção da irmã, que começou logo a chorar e a se maldizer, disse: "O retrato é dos meus pés". Sentou-se na cadeira e estendeu a perna.

Diante da vista do moço, surgiram pés grosseiros, gordos, de pele áspera, que nem de longe lembravam os pés alvos e delicados da foto que tinha nas mãos. Perdendo a paciência, o moço levantou-se irado, ameaçando abrir um processo pela falsidade de informações. Depois de mostrar toda a sua indignação e raiva pelo ocorrido, esbravejou: "Agora exijo que vocês revelem de quem são os pés que aparecem na foto". Ao dizer isso, olhou para a fotografia com tanto carinho, admiração e até mesmo reverência que fez com que Barbarela tomasse coragem de entrar na sala e dissesse: "A foto é dos meus pés".

Ao olhar os pés daquela moça, o jovem fotógrafo, imediatamente, teve certeza da verdade. Maravilhado, segurava na maciez dos pezinhos delicados. Mas somente depois de calçar os sapatos, que serviram perfeitamente, olhou Barbarela nos olhos. Ela, de imediato, tudo compreendeu. Seus pés! Sempre soubera que eles a levariam para outro mundo sem precisar desgastar-se em longas caminhadas. Naquele instante, Barbarela, sem saber, revivia uma história acontecida no tempo muito antigo do faz de conta...

A MENINA, A HISTÓRIA E O ESPELHO

Estou aqui para fazer uma história.

"Fazer uma história!?", perguntam vocês, habituados a escutar histórias já prontas e embrulhadas em cores sorridentes das capas de livros.

Como é possível **fazer** história? Experimentando. Vivendo. Deixando cada fato narrado rasgar o pensamento e inundar as sensações. Circular pelos caminhos inéditos da imaginação. Isso é o que diferencia o fazedor de história do escritor, do leitor e até mesmo do ouvinte, que simplesmente escrevem, leem, escutam. O fazedor jamais fica de fora. Vivencia tudo o que se passa.

Não tenho vergonha de confessar que, após haver juntado invenções e fatos para contar a história, fracassei. Após tantas horas olhando pensamentos como quem olha fotos no álbum da memória, catando impressões feito conchas e mariscos trazidos pelo mar, arrumando palavras no papel com o mesmo cuidado com que se arruma a gaveta com guardados e segredos preciosos, não consegui dizer o sentir que me invadiu. Sentir que foi chegando manso e tranquilo e avolumou-se em todos os cantos do meu dentro. De hóspede que era, transformou-se em proprietário da minha vontade, dono do meu agir, senhor das minhas recordações. Este sentir que me ultrapassa será o herói, o enredo e o motivo da história que vou contar.

Neste agora, somente porque falei na Menina, a dor que estava calada na memória voltou a chorar em mim, transbordando lágrimas numa correnteza de sensações. Soltei o grito preso na garganta: estou prestes a afundar, quase sem fôlego, engolindo água! Façam cessar a chuva e aparecer o sol! Afastem de mim as sombras e ajudem-me a chegar a uma margem segura, encontrar um chão!

Reunindo as últimas forças que me restam, estendo o braço, esperando encontrar mãos que me puxem para terra firme. *Socorro!* E o grito ecoa no horizonte.

Acabo de descobrir: esta é a história do grito desesperado de socorro. E, mesmo que vocês escutem uma voz sussurrada, gemido de náufrago, lamento distante, acreditem, este grito é gritado bem alto pelo sentir estrangulado em mim. Sentir que é esperança alucinada de livrar-me dessa urgência e despejar nas palavras a memória da Menina.

Abro um parêntese e explico: as palavras podem ser mais do que nomes para designar o que existe. Podem ser coisas mesmas, com som, cor, peso e movimento. Daí a procura de palavras-luz, palavras-*blues*; palavras-pedras, palavras-bailarinas e tantas outras quantas necessárias forem para refletir a tristeza da Menina. À medida que desvelo sua tristeza, construo a história com palavras feito pedras rolando da montanha para o mar. Palavras fortes e pontiagudas como a sensação que agora me asfixia. Concluído o meu fazer, haverá uma casa sólida e aconchegante para abrigar a Menina, com a delicadeza da concha que guarda a mais preciosa pérola. Então, o espelho desencantará a alegria aprisionada, libertando a ela e a mim, da mágoa que ninguém via.

Voltando à feitura da história, preciso começar com o antes dela. Iniciar com o engasgo. Engasgo? Exatamente! Lembram da sensação de quando a gula se torna maior do que a fome? Pois bem. Quando a carência aumenta, queremos engolir um pedaço grande demais da vida. Em vez do sabor e do prazer, uma indigestão provocada pelo excesso deixa na alma um gosto insípido.

O problema é que não foi a comida que me fez engasgar. Apesar de meu gostar exagerado de torta de maçã, sorvete com chantili e de todo doce da vida, foi a doçura do afeto que me fez entalar de aflição quando, pela primeira vez, abracei a tristeza da Menina.

Ela entrou na minha vida no exato momento em que se olhou no espelho e encontrou um rosto que não era o seu. O espelho reproduzia olhos, boca, nariz e cabelos da Menina, mas faltava um algo. Algo que a tornava diferente de como ela se via. Faltava sua tristeza.

A Menina tinha um sorriso nos lábios, mas sua face do avesso chorava. Estava certa de que o rosto sorridente que a olhava não era dela.

O espelho, ao reproduzir sua face, mentia: ocultava a dor, as lágrimas e a solidão. Também era falso o modo como os outros a enxergavam. Onde estariam a angústia e a tristeza? O espelho engolia aquilo que a Menina era, roubando-lhe o ser.

Decidiu não mais se olhar no espelho de vidro. Passou a se ver no espelho da natureza. Encontrava a si própria nas águas do lago ou nas estrelas, quando à noite abria as janelas do quarto.

Por nunca haver conseguido ver seu verdadeiro rosto — um rosto que traduzisse a alma —, a Menina queria ser outra. Queria ser a partir de um nome que ela se deu, Clara. Ela seria Clara, transparente como as águas do lago, brilhante como a estrela do céu.

Poderia também ser Branca dos contos de fada. Branca de nuvens dançando no universo a celebração da alegria presa no espelho. Todas as vezes que se olhava, a Menina tentava encontrar a alegria que ainda não era dela.

O que posso fazer para que ela se enxergue nos meus olhos? Mostrar seu rosto verdadeiro contendo tudo aquilo que os espelhos escondem?

Na feitura desta história, palavras transmudadas em nuvens formam uma pintura naïf existente antes do primitivo começo do ser. A Menina funde-se nessa imagem e liberta-se do espelho, ganhando solidez. O espelho se espatifa em miúdos pedaços, fazendo ressoar a palavra saudade. Nesse momento consigo apreender a Menina, por inteiro. Com seu avesso feito de lágrimas e lamento. Um milagre acontece: as lágrimas são transformadas em água fresca da fonte que banha o corpo da Menina, e o lamento em gorjeio de pássaros celebrando a alegria.

Liberta do espelho que refletia alguém que não era ela, a Menina desencanta sua verdadeira imagem, sossegando, aos poucos, o tormento.

Enquanto eu, flutuando nas lágrimas já derramadas, estou prestes a chegar na outra margem. Encontro a Menina, que sorri e dissolve minha angústia nas águas da fonte.

Chuva com as cores do arco-íris é o final feliz desta história.

ESTRELAS EXILADAS

Toquei, com a suavidade das mãos da infância que tudo anseia descobrir, as folhas secas e esturricadas que espalhavam saudades nos caminhos. O croc, croc de lembranças esfacelando-se no contato dos pés foi música para o cenário onde apareceram estrelas de muitas constelações caídas do céu, concentradas na esfera de vidro que prendia papéis onde palavras escritas sufocavam nas cartas que nunca enviei. Estrelas de Natal enfeitando a árvore enorme armada no centro da sala. Na varanda, todas as noites a Menina procurava, dentre tantos pontos minúsculos e luminosos, sua estrela perdida. Compenetrada, mostrava-se inteira aos céus na esperança de que a estrela viesse a identificá-la e mandasse algum sinal. Sim, ela não duvidava que sua vida estava presa num astro distante com o qual um dia viria a se unir.

Hoje, ao abrir a caixa de música onde estava a folha seca da infância, ouvi o som do coro da igreja em cujo altar havia uma estátua que petrificou o Deus humano: sua estrela perdida está guardada nos olhos que virão, um dia, refletir seu rosto no azul luminoso. Azul que se derramava na varanda e cobria de brilho as estrelas do Natal da árvore da infância.

Olhando nos olhos da Menina, avistei mistérios trancados por portas, janelas, cortinas. Portas com fechaduras de ferro, chaves de bronze e pássaros de ouro incrustado na madeira de florestas antigas. Cortinas drapeadas de majestosos salões de reis, rainhas, princesas e bobos de uma corte dançando valsas sob o teto de estrelas cadentes aprisionadas no vidro que prende papéis, prende meus braços privados do seu abraço, prende minhas pernas de correr para o encontro, prende minha boca de se abrir para o beijo, do êxtase, da morte.

Continuei abrindo portas e entrando, devagarzinho, nos cômodos mais reservados da alma. Então, por uma janela entreaberta, os olhos da Menina me invadiram e me penetraram com o reluzir suave da lua minguante.

Na luminosidade do seu olhar, escutei a melodia saída da caixa, onde guardara o diamante que possuía o brilho da estrela perdida. Estrela que a Menina procurava nos céus da infância.

....

A caixa se abriu. Fechou-se o caixão onde jazia meu pai. Lágrimas, lágrimas, lágrimas, inundando os olhos tristes da Menina e molhando de pingos de chuva a Mulher que esperava na praça de uma cidade estrangeira o amante que não chegou.

Portas se abrindo e fechando. Pessoas entrando e saindo. Nenhuma possuía o brilho da estrela perdida da Menina, guardada nos seus olhos que me refletiam. Olhos que me deram as emoções todas que escrevi nos livros, cantando na música que construiu o silêncio que assolou a plateia quando se quebrou a perna da marionete. Olhos que me deram asas que fizeram a marionete de perna quebrada dançar no palco todo o amor que tinha. Olhos que me deram a voz para na festa do mundo comemorar as fantasias das personagens libertadas da fortaleza guardada por exércitos, ameaçando com a guerra as levezas da acrobata. Olhos que equilibraram o trágico e o risível da vida nos pés alados da bailarina que, prescindindo de solo firme para caminhar, atravessou o tênue arame que liga a Mulher à Menina.

Neste instante do agora, as estrelas dos céus da infância iluminam uma cidade vazia, abandonada pelos sábios que não suportaram as respostas dadas às suas perguntas. Aos poucos, a cidade desabitada vai sendo ocupada de tolices felizes da infância que vestem a dama, a prostituta, o vagabundo, o bispo, o general, o regente, o rei e todos os seus súditos. Forma-se uma corte de alegrias onde cada pessoa é mais como um poema composto de fragmentos de luz da estrela perdida da Menina guardada nos seus olhos de lua minguante. Olhos que hoje reencontro no brilho da saudade, iluminando minhas memórias.

FANTASMAS

O tempo é no momento em que entro na porta que não foi aberta. Entro com a transparência e a lucidez de fantasmas feitos do próprio branco que me espera na folha. Fantasmas tão transparentes e translúcidos que terei de retirá-los da bolsa, do bolso, da gaveta, do cofre onde tranco a memória, para enformá-los nas palavras que confessarão o inconfessável.

Fantasmas são saudades. Nostalgia pelo não vivido. Não têm aparência de monstros, nem face violenta do terror. São feitos de amplidão do mundo que não consigo alcançar. Profundezas marítimas que não suporto mergulhar. Encanto da lua nova: porvir. Quando chegarei? Serei loucura na lua cheia? Plena de amarelo de pus que brilha nas feridas escancaradas e escorre na solidão da Mulher abandonada, ao som do ruído infernal da gata no cio, gritando gemidos em teto de vidro fino. Espatifado. Estraçalhando a Mulher que chora porque o amante não veio, enquanto uma voz continua a derramar o sangue em flor entre suas pernas feito orvalho de delicada manhã. O sangue borbulha no cálice do champanhe o desejo da mulher, inundando sensações num riacho de águas poluídas pelo esperar sem fim do amante que nunca veio.

A cada malogro, guardava decepções em caixas de papel colorido, pendurava inúteis esperas em cabides do armário antigo da avó que partira para a morte.

Sacolejava aflições e lustrava afetos para fazê-los tão brilhantes quanto a fruteira de prata do centro da mesa ovalada, onde a família se reunia.

Peço-lhe perdão. Perdão, porque prometi confissões de mistérios. Segredos. Culpas. Mágoas. Você espera. Na solenidade do padre, de preto, do medo, do proibido, você olha com o olho de Deus que tudo sabe, a Menina que inventou um amante para, no tapete mágico do desejo, fugir do mundo até a fantasia. A Menina permanece calada, entalada pela palavra que seria absolvição de suas culpas diluídas nas sombras de sonhos que entardeceram o dia.

Para expurgar medos inconfessáveis, precisarei inventar. Mentir, não. Inventar aquilo que você escutará como verdades. Nomear gestos despercebidos, sorrisos amarelados, esperas aniquiladas da Menina que se escondia por trás de alvoroços, correrias, festas de chegança que traziam presentes deixados nos sapatos colocados cuidadosamente ao pé da cama. Sapatos que não cabiam nos seus pés de Cinderela com os quais iria desencantar o amante. Ausente. Terei de voltar às festas de puro júbilo onde a Menina encontrava-se com sua tristeza. Depois, sozinha e desolada, ia comprar escassos gramas de alegria nos confeitos da venda da esquina e beber meio litro de carinho no sabor doce da cana moída com seu esperar. Terei de inventar histórias tão compridas como a vara que a Menina segurava para roubar o fruto pendurado no céu. Histórias preciosas feitas dos pedregulhos reunidos pela Menina em caixas de afetos. Reviver amores trancados em gavetas, desejos anotados em cadernos. Embrulhos. Presentes. Ausentes afetos. Desembrulhar pacotes já era prenúncio de puro gozo de receber e apossar-se.

Agora, novamente ao meu lado, com braços de troncos de baobá, você sustenta minha casa em ruínas e espera desembrulhar minha alma para revelar o segredo que não consigo confessar. Seu olhar é sonda marítima auscultando o coração do navio saqueado pelos piratas que roubaram tesouros feitos de crenças e de um querer imenso. Tão grande feito a baleia branca em cujo ventre habitava um peixinho dourado de esperança, gestando sonhos do humano que um dia seria. A baleia atravessava oceanos, singrava mares, devorando no seu caminho tantas vermelhas esperas. Até um dia vomitar o peixe dos livros de histórias que, extasiada, a Menina escutava. Histórias que falavam de mundos tão amplos que seu pensamento não conseguia vislumbrar.

Chega o dia em que a Menina retira da imaginação uma palavra feita de luz vibrando no ar, com a qual poderia alcançar o fruto maduro pendurado nos céus. Antes que ele despencasse em podridão. Antes que a explicação corroesse a polpa suculenta do sentir. Essa palavra etérea, escrita no entardecer, soprou o amarelo do sol na água, inundando a terra de silêncio. Embranquecendo à espera da Menina.

A amargura de esperar o amante que não veio foi avermelhando as águas transparentes. O amante desejado, privado do ar vindo do amor da Menina que sabia esperar, asfixiou-se no sangue escuro da desilusão. Hoje seu corpo boia no universo, enquanto a Menina ainda escuta a gata que geme de gozo no teto de vidro, espatifando as palavras da confissão prometida e vestindo o fantasma com a carne da dor. Com a boca rochosa de cratera aberta pela explosão do sonho, deixa-se devorar pelo brilho silencioso da ausência impressa no branco da folha da vida.

Sem escutar o silêncio que ressoa o lamento da Menina que esperava o amante que não veio, você se desespera e retira os braços que alicerçavam a Menina, com a solidez da compreensão. A Menina cai, arrebenta-se e, diluindo-se na luz prateada da lua plena, transforma-se num raio que cobre o corpo do amante que no hoje flutua.

A MENINA E O MEDO

Não. O seu primeiro medo não foi do escuro. Foi das sombras que ao entardecer refletiam imagens esgarçadas nas paredes do quarto. Nesse teatro chinês, a Menina fazia render seu assombro à curiosidade pelas formas fantásticas dadas pelas penumbras das coisas mais simples. Surgia um mundo — meio encantado, meio tenebroso — no qual tudo se transformava: o galho do abacateiro avistado da janela entrava em cena como o dinossauro alado que a levava para as terras distantes do amanhã; a bonequinha de louça, de rosto alvo e olhar opaco, ao ser refletida na parede transformava-se na fada Sininho e lhe falava através da janela entreaberta. A Menina encontrava nas palavras da fada as respostas que tanto buscava. Tempo de contentamento.

A cada dia repetia-se o mesmo: a Menina esperava pelo teatro das sombras e duvidava que fosse merecedora de ver tanto esplendor pelas malcriações daquele dia. Pedia perdão para todas as suas pequenas faltas, incluindo, no ato de contrição, não somente as cometidas naquele dia — a mentira que contou à Vovó Rô, o puxão de cabelo na amiga curiosa que bisbilhotara seu caderno de segredos. Incluía outras faltas maiores que por descuido houvesse cometido.

Diante desses mundos largos demais para seu pedido de criança, afligia-se. O que deverei fazer para nunca receber o castigo de não mais poder contemplar os mistérios revelados pelas sombras? Tamanha sua inquietude que findava por vestir a felicidade como um vestido grande demais herdado da prima Joana.

Definitivamente, a Menina não entendia por que fora a escolhida para habitar tantos e diferentes mundos. Logo ela, que nunca havia arredado os pés do minúsculo bairro da Soledade! Verdade que amigas contavam, orgulhosas e alvoroçadas, façanhas da viagem a um parque de diversões com tantos brinquedos e atrações que não cabia na imaginação: pedalar em bicicleta do ET, viajar em naves espaciais, visitar outras galáxias e tantas outras coisas mirabolantes. Mas, no seu íntimo, ela sabia que tudo isso não passava de faz de conta que seduz meninas ingênuas que não sabem construir os próprios sonhos.

Vinha a certeza de que fora selecionada por um não sei quem, num concurso imaginário, acontecido no galho do abacateiro. Sendo alguém especial, refletia que, certamente, esperavam dela feitos à altura. Perguntava-se: Quais e como devem ser feitas as coisas esperadas de uma Menina fora de série? Sentia-se como se não conseguisse entregar a tarefa escolar — que entretanto a professora não pedira. Por isso, antes mesmo de descobrir o erro, assumia uma culpa.

O tempo passou. A Menina caminhou para o futuro. Mas as imagens do teatro chinês ficaram grudadas na memória, tais quais rostos de retratos antigos que desbotados insistem em nos espionar do fundo de uma gaveta qualquer. Memória de um tempo vivido que despencou com o galho do abacateiro e a boneca de louça, espatifada no chão.

A Menina, agora no amanhã, passou a ter medo das próprias lembranças: reminiscências nutridas nas imagens descoloridas que se avivavam a cada cheiro do bolo de mandioca, gosto de miolo de pão embebido no café com leite, do vento balançando galhos frondosos em dias tragados por entardeceres. A Menina de ontem, habitando num outro espaço, revivia as sensações do antigo mundo das sombras.

Foram dessas sensações que brotaram as palavras mágicas que fizeram renascer a Menina das sombras. E com ela os segredos do Tempo do Antes.

2 3 4

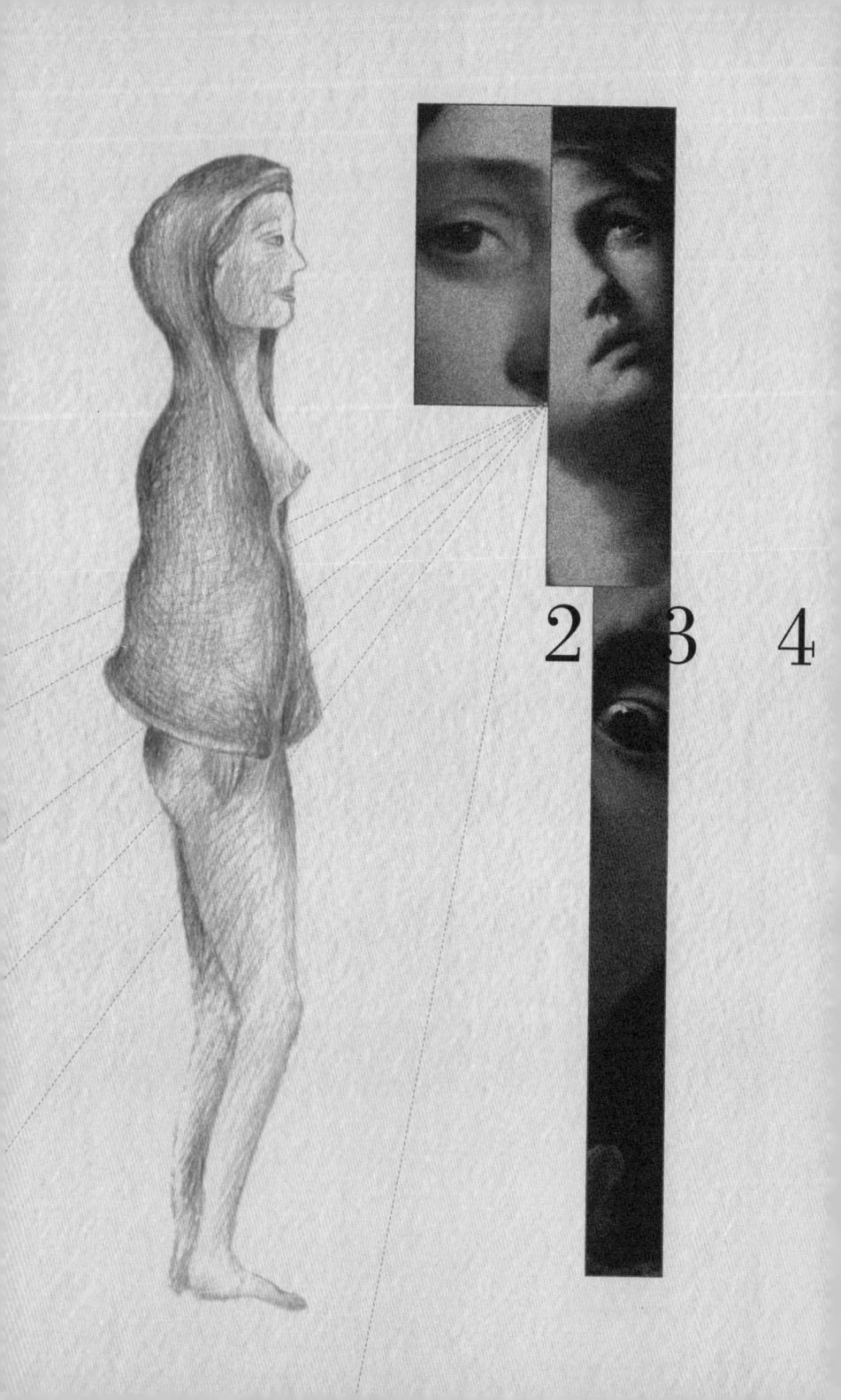

A MENINA QUE ACENDEU AS ESTRELAS

Para Sofia

Anoiteceu. Paisagem triste, luz morrendo. Saindo. Deixando para trás um céu duro e sólido: uma capa cobria o mundo, aos poucos.

A Menina entristeceu, com o apagar das cores, dos animais, das plantas e da natureza inteira. Desejou construir outra cena em que a luminosidade exibisse o esplendor do infinito.

Com a sabedoria que era seu próprio nome e essência, acendeu, no negro que cobria a terra, pontos luminosos, dando origem a estrelas, cometas, planetas.

Junto às estrelas nasceu a compreensão da verdade ilimitada.

Junto às estrelas os véus caíram: cortinas, janelas, portas abriram-se, todas.

Junto às estrelas surgiu no espelho dos olhos um mundo que era mais do que mundo. Mundo ilimitado emergido da tela branca, permitindo que víssemos. Víssemos tão claramente como jamais houvéramos visto. As lágrimas do orvalho a varrer o borralho da visão, fazendo surgir a realidade. Realidade que já estava lá. Sempre. Dentro de cada um de nós. Sempre.

O MASCARADO

Chegara outra vez o tempo das máscaras.

A Menina alegrou-se com a possibilidade de escapar da prisão de ser o que era ao apagar o rosto com pinturas e artifícios para criar uma nova face. Atrás dessa poderia (re)nascer, em liberdade de escolha, num diferente mundo.

A ideia de viver outra vida sempre a fascinara. Queria encontrar portas de entrada para a alma, ansiava por um dentro avessado, rindo, chorando, amando e seduzindo de modo claro, perceptível, ao alcance de afagos e afetos. Visível. Por isso nunca esquecera a impressão que lhe causara o primeiro mascarado que vira com uma enorme lágrima escura congelada numa face de pano. Dela aproximou-se, tocando castanholas: susto e sedução. Pela primeira vez alguém fora capaz de conectar-se com seu próprio eu, no estado puro e latente. Sentiu medo, mas não fugiu ou gritou. Precisava chegar mais perto, bem perto, até fundir-se àquela lágrima cicatrizada numa marca preta que escorria para uma boca desenhada em vermelho e congelada no exato momento em que se abrira — não sabia se para o beijo ou para o bote.

Os olhos do mascarado — vaga-lumes pequeninos emoldurados por um círculo pintado com raios do sol — falaram: "não tenha medo, sou apenas alguém que chora as dores do amor e não quer ver você, Menina-Rosa, nessa tristeza. Não deixe nunca que os espinhos escondidos na beleza da rosa que a veste atinjam seu coração e desencantem a dor como a lágrima que marcou para sempre o rosto do **pierrô apaixonado**".

Naquele momento, a Menina se deu conta de sua fantasia de rosa e desejou murchar as pétalas armadas que saíam de sua cintura formando a flor que a vestia. Queria chorar a dor do mascarado, que a fascinava num medo vital. Sentia a rosa murchando, a ilusão dissipando-se, a fantasia de ser outra se rasgando à medida que o som persistente, repicado pelas castanholas, misturava-se à voz do mascarado que a olhava, enxergando por trás do seu rosto disfarçado de mulher e do seu corpo vestido de flor, a colombina que o faria sofrer de abandono. Foi quando, instintivamente, não sabendo o que responder nem como agir, meio paralisada perante alguém que lhe arrancara a máscara de criança e antevira a alma de mulher, num gesto de carinho e defesa, tirou de um saco que segurava um monte de confetes coloridos, jogando-os no mascarado. Os confetes espalhavam-se pela roupa negra do pierrô, que dela começou a afastar-se, tentando esconder a solidão de ser, e seguiu um bando de mascarados que por ali passava em ruidosa alegria. Nos pontículos de confete levados pelo vento, a Menina anteviu pedaços de lembranças que seriam fragmentadas pelo tempo e pelos muitos caminhos que haveria de percorrer. Estava chorando e, ao passar a mão no rosto, borrou a maquiagem que havia sido feita com tanto esmero. Ao ver a face refletida no espelhinho de bolsa, notou que estava marcada pela lágrima escura do pierrô. Soltou o soluço que lhe tirava o ar. Chorou.

Queria correr ao encontro do futuro. Alcançar o mascarado e pedir-lhe perdão pelo abandono que cometeria. Prometer amá-lo e fazê-lo feliz. Para sempre. Arrancar sua máscara e mudar o destino.

Mas ninguém entendeu seu choro convulsivo e o caminho que teria de seguir para modificar a história prevista. Pensaram que chorava de medo. Apressaram-se em levá-la para longe daquele pandemônio. Explicavam: "Não tenha medo, são apenas máscaras".

Aquele Carnaval passou. A Menina tornou-se Mulher. Outros mascarados surgiram nos bailes e na vida. Por muito tempo o mascarado que tocou sua alma ficou esquecido. No fundo da memória uma rosa abraçou um mascarado e desencantou um amor aprisionado numa máscara de Carnaval. E duas lágrimas escuras se encontraram, unindo o pierrô e a colombina num conto de final feliz.

A MENINA E O SAGRADO

O sino tocou. Veio do longe. Lonjura sem nome trazendo, calando a humana voz.

A voz de Deus sempre fala pela boca dos homens, ensinava a mãe à Menina na missa dominical onde a vida era celebrada. A Menina, na ânsia de assemelhar-se a Jesus, imitava o padre, levantando os braços para abençoar os homens e consagrar na hóstia divinal o amor — já pressentido — que a faria morrer igual a Cristo por causa da incompreensão dos homens.

A Menina, unida ao mundo, ouvia sua voz ecoar no som de Deus, tornado homem.

Como é o som de Deus? É o fazer humano manipulando a matéria do mundo para criar imagens de liberdade. Liberdade encontrada no exercício da solidão, onde sonhos extraem das palavras imagens da felicidade. Dessas imagens provêm o gemido do vento, o abrir de fendas, o cansaço das ondas pousando no pensamento, o crepitar do fogo queimando ilusões do olhar.

O som de Deus é música que concretiza na linguagem todos os sonhos e sentimentos anteriores ao pensamento pensado com palavras.

Foi num desses sonhos que o anjo apareceu e anunciou: "Você vai amar, amar, amar, mais do que o amor pode comportar. Amor que virá nas cordas do violino, nas cítaras e harpas. No ritmo da música que escutamos naquela noite e mascarados carnavalizamos nossos desejos e fomos, tão completamente, o outro de nós mesmos que pudemos experimentar, na brevidade do intervalo do semitom, a essência de tudo que poderíamos ter sido.

Depois dessa aparição, no sopro das flautas, minha alma se humanizou num corpo. Corpo que você nunca teve, meu amor de sempre, que sempre volta no murmurar das palavras, no lamentar do meu dizer.

Hoje, saí dos meus devaneios quando ouvi o órgão chamando para a comunhão. Mas aquilo, que por um instante ouvi, foi logo coberto por ruídos do lá fora. Barulho de vida humana em alvoroço. E, quando parei de escutar a chamada da música, vi o rosto do artista e a eternidade de sua obra romper-se.

Não, repetia a Menina para as amigas: não copiem a música, as palavras, as imagens. Tornem-se apenas nada e deixem que o som e as paisagens lhe deem uma forma.

Mais tarde, descobri que a obra do artista tem uma face celestial.

Como é uma face celestial? É um sem face, sem contornos, sem limites: é a face infinita de Deus. E, quando o rosto do artista é veiculado nas telas, estampado nos jornais e revistas, profana o sagrado de sua criação feita pelo sopro celestial. Porque o rosto do artista é o invisível. O que dele vemos é, apenas, máscara que encobre e protege Deus. É o som tirando, da gaveta desarrumada, pedaços de lembranças formando mundos produzidos pelas tintas, sentimentos inscritos nas palavras, sensações esculpidas no bronze, na pedra e no ônix e amoldadas na argila.

O rosto do artista é somente um véu. Grinalda branca das virgens que comungam seus sonhos nas missas de quermesse. Grinalda negra das viúvas de sonhos. O rosto do artista é o princípio informe que sua obra trans-forma, trans-muta: memória do paraíso. É o cenário da origem do mundo, caramujo que guarda o coração do homem. Vulto branco: da infância. Preto: do começo. Caverna onde cego meus olhos para poder ver a alma ressuscitada, animando o corpo da criação.

O rosto do artista é negação, ausência. Projeção de vaga-lumes (ou seriam estrelas decaídas que, mesmo depois de mortas, ficam reluzindo no ar o brilho da fantasia?). É, ainda, anulação. Porque de sua boca sopra o som divino, dos seus olhos saem faíscas que às vezes amornam, outras, queimam e, ainda outras, congelam e matam.

O rosto do artista não é face, não é nada: morte. Morte da glória terrena, do sucesso, da humanidade. É apenas uma superposição de cenários num palco vazio.

Não, mamãe, quem pintou os girassóis de que gosto não foram as mãos pertencentes ao corpo que estampa um rosto mutilado.

Não, amiga, quem esculpiu minha dor no ferro retorcido das portas do inferno não foram as mãos de um corpo que ostenta no rosto a arrogância e vaidade dos homens.

Não, meu filho, quem pintou o horror da guerra não foram mãos que negaram carícias e tiveram que barganhar com o divino para reaprender a desenhar como criança.

Não, meu amor, quem escreveu minhas palavras não foi o eu que habita no meu corpo que você não possuiu e lhe sorriu num rosto descoberto, quando você beijou a boca que até então ressoava preces e, depois, recolheu-se numa caverna escura onde não chega a luz do sol. Mas, no fundo dessa gruta, há águas azuis e transparentes que mostram o profundo limpo do meu dentro.

Ao atravessar o escuro, você verá no fundo do lago o rosto de Deus: tela branca onde são impressos os sonhos sonhados pelo próprio Deus.

O rosto do artista é sempre mistério. Somente é revelado nas suas criações. Ao soar as doze badaladas, evapora-se o instante poético do roçar de dedos no regaço da minha nuca. Um frenesi toma-me de assalto. Tento disfarçar virando-me de frente com olhos esgarçados que não podem vê-lo porque já atravessaram o rosto e invadiram a alma.

Sabe, amor, o rosto do artista é o casulo onde nasceu a borboleta que tatuei na sua alma. Marca indelével. Caim, Caim! Abel. Possui a marca: *D* de Deus, ferrado no corpo gordo do animal que pasta. Nos olhos da vaca triste, vejo o rosto do artista. Através de sua voz trotam patas de potros selvagens que carregam no corpo a marca indestrutível do rebanho do criador: *D*.

O rosto do artista é água escura que não revela os subterrâneos da vida. Escuridão medonha que se torna branca. Espelho que devolve o que ainda não sou.

Glória! Também fiz um pacto: serei um homem sem rosto, e na minha alma habitará o divino, que não cabe num corpo humano. Neste momento, sem rosto, sem nome, sem história ou destino, liberto-me do meu corpo, da espera e do desejo, e transformo todas as sensações em palavras com as quais o amo tanto e tão loucamente que minha humanidade não suportaria tanto prazer. Ah! Grito o gozo, a morte, e devoro suas esperanças, cuspindo palavras-labaredas, queimando este sentir, que é mais do que sentimento: paixão de Deus. Calvário: crucifico meu corpo no meu escrever e ressuscito na emoção provocada em você.

Assim, meu amor, estou condenada a morrer e a matar. De amor. Minhas palavras são a transfiguração do amor de Deus.

Não soube amá-lo em quietude, cercada por nuvens, flores. Traduzindo o sonho de Deus, sacrifiquei meu corpo na escrita. Prossigo o itinerário da minha paixão.

Mas voltarei, meu amor e meu algoz. Renascida, virei salvá-lo da danação, do remorso, da angústia. Da privação de não ver meu rosto onde você encontraria sua saudade. Irei aonde quer que você esteja, através das palavras apanhadas no fundo da caverna onde, no escuro da solidão, você viu refletido o amor que nos matou. Em cada fechar do sol chegarei, nas sombras do entardecer. Você não precisará mais lembrar do meu rosto de ontem, porque minha face de sempre é o rosto velado do artista.

Agora, peço-lhe, feche os olhos e deixe as palavras acariciarem seu rosto cansado. Quando você juntar as mãos para rezar uma prece, estará tocando o rosto de

Deus. Vista-se com luminosidade tênue das mais delicadas imagens feitas com letras de porcelana e, juntos, levaremos a luz ao escuro da gruta, onde existe uma lagoa encantada guardando todos os amores que, de tão grandes, não puderam ser.

SETE DESEJOS E A ESCURIDÃO – UMA SAGA DA INFÂNCIA

Nos tempos distantes do tempo do agora, tão longe que foi se embranquecendo na lembrança, escapando dos livros e desistindo do mundo, existiu uma. Não sei dizer, ao certo, como ou quando ela se alojou num canto de mim, e ficou. Permaneceu. Para sempre. Um sempre cuja extensão entendi muito tempo depois. Depois de abortar a infância e desgarrar dos sonhos, parti para Solidão. Lá fiquei até a chegada da estação onde a natureza faz semeadura em almas esturricadas e o vento sopra palavras que cantam uma melodia, fazendo ressurgir a Menina esquecida nos sonhos. Menina que, nos tempos do era uma vez, foi Mãe, Fada, Madrasta. E, ainda, Bruxa, Escrava e Princesa. Menina de mil disfarces enfrentando perigos em florestas assombradas. Faxinando, em lugares distantes, sujeiras de hóspedes indesejados que iam e vinham, invadindo a casa branca e silenciosa. Menina estranha — meio humana, meio duende —, caçando fantasias montada no dorso do dragão alado. Alcançando uma infinidade de mundos: do Antes e do Nunca. Lugares livres, sem dono, falta ou castigo. Reinos de abundância e fartura. Onde qualquer um que lá chegue apanha tantas coisas quanto a imaginação possa inventar.

Foi num desses cantos que a Menina viveu a Bela. E, também, conheceu a fúria da Fera. Foi desolação do Patinho Feio, rodeado de irmãs lindas e amadas, e ferocidade de um *Lobo* malvado, engolindo suas bondades. Foi tristeza da enteada maltrapilha, suportando o borralho do fogo, que jamais veio a aquecer seu frio, e o contentamento da filha do rei, coroada num reino de absoluta felicidade.

(Mas conte logo o que aconteceu à Menina!)

Uma vez, nos velhos tempos do reino do Faz de Conta, a Menina, fascinada pelas promessas do lado de fora, esqueceu os conselhos e os perigos. Abriu a porta. Saiu. Sucumbindo a um querer mais medonho do que todos os monstros já enfrentados, entregou-se ao Desejo que há muito rondava a casa. Espiando. Chamando, matreiro e sedutor.

Vencida pela ilusão, a Menina rendeu-se à Beleza da rosa e da Vida: provou o proibido fruto do jardim da realidade. Ao profanar o Segredo, foi jogada na embriaguez de um universo sólido e consistente. Sozinha, desprotegida, estava órfã de sua própria meninice. Quando se deu conta de que não mais poderia retornar à casa — refúgio e alicerce —, perguntou ao espelho: "E agora, o que faço?". Como resposta, uma face cruel de onde jorravam gargalhadas estrondosas e distorcia-se à medida que enchia o mundo de pavor, trovejou: "Infância inter-rompida, rompida, rompida!".

Os olhos da Menina escureceram. E ela viu. Viu seu branco vestido macular-se de uma cor que escorria dos céus, chorando a partida. Atônita, a Menina aparou gotículas de cor pingada do orvalho da flor entreaberta. Despedindo-se de alguém que já não era, molhou-se na chuva de sangue e lágrimas. Chuva que transformava a neve, que antes cobria seu claro universo, numa água lodosa. Águas rebeldes afogando uma ternura exausta de resistir à selvageria de um mundo desconhecido. A pureza da Menina em seu vestido branco foi se apagando. Até ser totalmente abolida da vista e da vida. Infância naufragada.

(O mundo, corrompido, deixou de ser branco e pálido.)

Um arco-íris derramou nos espaços nuances vermelhas: de guerras e incêndios. De sangue espesso e viscoso. Jorrando. Vermelhos que ora caíam do céu, em bolas de fogo, ora boiavam nas águas de despedida. Uma sensação estranha de gozo e culpa manchou a brancura da Menina e circulou vermelhos no seu corpo desamparado. Quando a luminosidade da neve escureceu seus olhos, a Menina despiu-se dos farrapos que restavam do antigo vestido branco. Cobrindo-se com o vermelho manto da Sedução, compreendeu que chegara a vez de decifrar o segredo do mundo Vermelho.

(É tempo de preparar-se para a des-coberta de novos mistérios.)

A Tempestade chegou, trazendo os carmins de bocas devoradoras. Ferindo a terra alva da inocência intocada. Do coração do solo, até então branco de neve, surgiu uma profusão de cores e sons. A Menina, ébria de tantas descobertas, sucumbiu. Gritando sangue da ferida aberta, correu. Correu, fugindo do vermelho que cobria seu corpo e lhe penetrava na carne. Enquanto fugia, o lamento do seu grito ecoou pelos quatro cantos do mundo. O grito carregava uma dor tão funda que o tempo, que girava num carrossel de vermelhos, parou. A brancura da Menina foi congelada no píncaro do existir: lonjura onde a força de nenhum vermelho — de fogo, de sol ou de dor — seria capaz de derreter.

(A Menina banida do seu branco recanto. A Mulher encantoada na Solidão. Tempo de espera.)

Do Tempo do Antes, restou apenas a branca infância, encarcerada numa caixa de vidro cercada de vida por todos os lados. Inocência apartada. Uma muralha transparente protege a brancura transformada em ausência e sono. Vazio e espera. Espera pelo beijo que faria despertar a Menina. Acordá-la e fazê-la Rainha do reino vermelho.

(Começa um Novo tempo. Um tempo espremido entre ontem, hoje e amanhã, que é preciso vencer. Haverá salvação para o branco aprisionado nos confins do esquecimento?)

....

A espera nos tempos onde desejar já não conta torna-se cansaço e melancolia repetidos a cada vã tentativa de a lua abraçar o sol. No poente de um dia que nunca deixou de ser hoje, a Menina voltou a escutar a ventania soprando palavras-músicas. Esses sons trouxeram de volta o mesmo afagar de toque de mãos que costumava, num tempo perdido, sossegar espantos e afastar medos. Envolta na brancura da luz, a Menina avistou um tapete tecido com novelos de saudades. Nele, alumiada pelo mais branco brilho, a Menina flutuou nas alvuras celestiais. De repente, estendeu os braços, esperando por mãos que a conduzissem ao Tempo do Antes. Levada pelas ventanias, reencontrou a casa da infância. Nesse instante de gozo e paz, o Branco torna-se clarão: a casa da infância reluz entre as nuvens e logo se afasta nas asas da pomba que cruza os céus e continua seu caminho.

(*Depois, a queda.*)

A Menina precisa abrigar-se na casa da infância. Uma vez mais ela foge da minha vida. As lembranças começam a voltar e uma força devolve-me ao corpo, ao hoje, ao sólido do existir. Estou caindo. Descendo, cada vez mais embaixo. Atravesso escadas, rampas e ladeiras. Entro na escuridão. Tateando mistérios, atravesso um espelho e deparo-me, do outro lado, com o mundo do "Faz de Conta". Continuo descendo até reencontrar a Menina diante da Casa de sete portas. Em cada uma delas uma inscrição: LUXÚRIA, AVAREZA, INVEJA, PREGUIÇA, GULA, IRA e SOBERBA.

Ultrapassando os portais, a Menina sabe que precisará dominar aqueles que fizeram morada na Casa. Nesse ponto os heróis da Menina retornam ao mundo do Antes para ajudá-la. Os pequeninos seres encantados, usando astúcias, artimanhas e guloseimas, ludibriam os Senhores e as Damas, obstáculos de passagem.

(*Nesta cena, a mesma porta, aberta para a Branca Menina sair para a Realidade, abre-se para a Mulher entrar na casa da Recordação.*)

Angústia, aflição e medo, dos incertos passos conduzindo a Menina para o mundo de fora, demarcam, no hoje, a passagem da Mulher para o dentro da lembrança. No branco vazio da casa que um dia habitou, a

Mulher despe-se do vermelho que se tornara pele e escudo. O brilho que espalha faíscas pelos espaços intensifica-se. Deixando-se cegar pela luz que ocupa todo o dentro da casa, a Mulher-Menina abandona-se àquela alvura reluzente. Seu corpo doído de tantos caminhos, com a pele avermelhada de muitas estações, torna-se apenas um ponto de luminosidade do entardecer.

Ao despedir-se para a Noite, a Brancura da casa ressuscitada acende-se num clarão jamais visto: sonho irradiando esperas, fogueira incendiando a floresta de paixão, queimando tudo ao redor. Nesse Branco despertar da Menina, a Mulher reencontra o Sagrado profanado. Estende as mãos para apanhá-lo. Mas tudo é esplendor impalpável, num vazio onde as histórias esquecidas são estrelas cintilantes no céu da Memória.

O corpo da Mulher, agora, é apenas um gesto. Desejo de união e abraço. Numa centelha, apreende o Sagrado e finca o Mistério recuperado na alma de uma palavra. Palavra Branca. Brancura escondida na mais antiga Casa, protegida por sete portais, onde os heróis que nunca abandonaram o Reino da infância vigiam, atentos, a entrada da casa...

(Então recomeça a história... da Brancura e do Negror; da Partida e do Reencontro; da Dor da recordação e da Alegria do esquecimento. Da Vida e da Morte... e da Ressurreição do Antes e do Nunca, na força de uma palavra virgem como a pureza da Menina Neve.)

VERMELHOS

RETALHOS COM MUITAS HISTÓRIAS

Após percorrer diversos caminhos, acordou. Uma manta, de toque macio e aveludado, com trabalho em patchwork, aquecia o corpo da Mulher.

De início, desconheceu o lugar onde dormia: em uma cama confortável, sentindo a carícia da coberta.

Espreguiçou-se sem pressa nem curiosidade de ocupar o novo dia. Queria fazer perdurar a sensação de afeto e aconchego que a colcha de flanela lhe oferecia.

Quando, enfim, se levantou, notou que a colcha era formada por retalhos de diferentes texturas, cores e tramas. Cada um continha palavras, desenhos e imagens, feito um grande álbum que pedia para ser lido. Podia até, enquanto tocava cada um deles, sentir o cheiro que exalavam: jasmim, lavanda, canela, café moído na hora, grama molhada, pão quente saindo do forno, mar, cabecinha de bebê, e tantos outros.

O primeiro recorte que prendeu sua vista era de uma sarja terracota com cheiro de mata. No silêncio e com atenção, podia escutar o canto de sabiá e os passos de um viajante pisando na terra molhada. Não havia palavras, mas ali estava um ato de resiliência e solidão.

Noutro retalho, cor violeta, o tecido era uma seda que acarinhava as mãos, os olhos e a alma. Nele estava escrita a palavra ENCANTAMENTO. E logo pôde ler a história ali narrada: AMOR. Amor que ama a beleza da rosa e aceita seus espinhos.

O próximo retalho era de linho. O amarelo vivo irradiava alegria e misturava cheiros de flores: rosas, jasmins e lavandas. Ao contato de suas mãos, sentiu o inebriar trazido pelas recordações da infância, quando o poetar era feito por mãos de criança "carregando água na peneira, enchendo os vazios com traquinagens e sendo amada pelos seus despropósitos".

Havia um retalho de couro negro. Ao observá-lo, a Mulher notou que no alto havia a imagem da lua em quarto crescente. Possuía um brilho acanhado. Mas, se alguém conseguisse atravessar a escuridão para colher aquela meia-lua, poderia soltá-la no universo assim que ficasse cheia e dourada. E ela não mais teria inveja do sol.

Continuando a colher retalhos, encontrou um pedaço do azul do céu, inscrito num tapete contendo um rio manso, com palmeiras e árvores nas margens, passarinhos cantarolando à toa e borboletas caçando felicidades. Na parte inferior do tapete, formigas enfileiradas carregavam um besouro morto para alimentar a família. Ali estava o seguinte dizer:

"Ser poeta é ter amor por seres e coisas desimportantes".

Um retalho de tule salpicado de estrelas contava a história da Menina que possuía um jardim onde eram cultivados sonhos. Sua missão era da mais extrema importância: receber os sonhos das pessoas desesperançadas, plantá-los e nutri-los com a fé no acreditar que eles podiam renascer ainda mais fortes.

O CAMINHO

No caminho havia dois desvios. A Mulher, em dúvida, não sabia qual escolher.

Fazer uma opção é cortar uma possibilidade que poderia ser melhor do que a selecionada.

Sem muito pensar, num impulso, foi pelo caminho à esquerda. Não havia placas sinalizando direções ou lugares de chegada. Parecia um trajeto inóspito. Vazio de árvores frondosas, flores e cores. Árido.

No início, sentiu o cheiro de terra molhada. Acima, um céu que escondia o azul através do cinzento de nuvens dançando movimentos circulares. Prenúncio de tempestade.

Talvez o tempo quisesse entrar em sintonia com suas emoções. Na alma, um inverno de ventanias pressentindo chuvas. Águas que não lavariam mágoas e formariam uma correnteza, carregando o que fosse encontrando pela frente: lembranças e emoções.

No chão, capim esturricado e pedregulhos que poderiam ferir pés descalços.

Asas brancas em revoada fugiam procurando um abrigo. Migrar de um espaço insólito.

A Mulher não conseguia entender a aflição que fazia seu coração bater feito galope de potros selvagens. De repente um silêncio fez o mundo deixar de girar.

Ela seguiu. Prosseguiu a esmo.

Não vieram águas. Nem trovões. Nem aromas de flores. Quando o branco das nuvens escureceu, ela entrou numa caatinga. Floresta branca. Mandacarus e umbuzeiros. Espinhos.

3   4   5

NO ESPELHO, QUEM SOU?

Às vezes, o reflexo no espelho amedronta a Mulher. Ela, diante dele, deseja ver-se, mas uma estranha lança um olhar desafiante. A Mulher fecha os olhos e tenta mover os lábios para dizer. O silêncio congela a fala.

A imagem deveria duplicar seus movimentos. Percebe a falta de sintonia entre eles. Aquela, refletida no espelho, reveste-se de várias camadas, encobrindo o rosto que lhe era tão familiar. Atemorizada, a Mulher foge.

Novamente no caminho, se pergunta: "Como encontrar no espelho as memórias que contam minha vida? Memórias que por vezes aqueceram minha alma e noutras a rasgaram?".

Ela precisa encontrar essas lembranças. Passa a buscar-se nos álbuns de recordações que construíram sua vida. Única e especial. Folheia as páginas com fotos que registram vários momentos do existir. Verifica que alguns desses retratos despregaram-se do álbum. Outros, perderam a cor. Amarelados, transformaram-se em formas incompletas, meros rabiscos desenhados pelas mãos da infância.

Outra vez, diante do espelho, a Mulher experimenta um misto de susto e deslumbramento. Depara-se com a finitude gritada pelos contornos de sua face. Ela, que se acreditava tão ampla, vê limites a partir do próprio corpo. Quer atravessar o espelho e alcançar suas profundezas, sem deixar nenhum "vestígio da própria imagem".

Só assim, pensa, poderia apreender o mistério e a sabedoria do espelho.

Quantos espelhos passaram pela sua vida? Lembra que, durante muito tempo, serviu de espelho ao Homem. Ele a olhava, não para vê-la, mas ver a si próprio, na grandiosidade de macho, na masculinidade que o colocava num pedestal. Na superioridade que fazia com que a imagem ultrapassasse o contorno do espelho. Olhando-se nos olhos da Mulher, ele se via amplo: poderoso, viril e vencedor.

E ela, como se via no espelho do Antigamente? Seguindo um ritual, ajeitava os cabelos, caprichava na maquiagem, cobria os lábios da cor carmim e enxergava uma vaidade vazia. Procurava os traços físicos. Primeiro, examinava a boca e esboçava diversos sorrisos. Risos que, inúmeras vezes, eram apenas um contorcer dos lábios escondendo uma tristeza que não entendia.

Após observar a boca, fixava-se nos olhos. Olhava seu próprio olhar e perdia-se na vastidão do nada. Procurava uma resposta no negro dos seus olhos, mas não encontrava nada além de solidão. Por que a vida a fez tão só? Uma solidão que em frente ao espelho vazio lhe causava dor.

Por quanto tempo tentou adequar-se às circunstâncias e seguir o exemplo da maioria para poder pertencer? Depois da vida escolar, quando a doçura de ser lhe era natural e espontânea, tais como seus risos e seu comportamento, o vínculo de ligação com o outro foi se fragilizando cada vez mais. O sentimento de estar sempre à margem aumentava, alimentava a solidão.

Não se pode dizer — de maneira alguma! — que não tenha tentado participar de vários grupos. Enturmar-se. À época nem tinha consciência de que seu "eu" mais profundo aquietava-se como se estivesse assistindo a um espetáculo surreal onde ele — o eu — podia ser o que quisesse, podia ir aonde bem lhe aprouvesse. No espelho ela era refletida de maneiras tão diversas que parecia até outras pessoas.

Sim, no espelho ela era muitas. Não se apressem, porém, a concluir que ela era um ser de múltiplas personagens desempenhando, com perfeição, vários papéis. Não. Era como se os muitos outros fossem uma única identidade.

Quando saía do espelho, o frágil vínculo de ligação com o outro partia-se. E, uma vez mais, ela era jogada na solidão. Nesses momentos, a melancolia era o espelho que a despertava para viver a vida real que a aguardava.

Ficava em dúvida se deveria chamar de "real" o cotidiano de afazeres que não comportava o sonho nem a fantasia. "Fazer, todo dia, tudo sempre igual."

Continuar a ser, para o Homem e para tantos outros olhares, espelho de um Cotidiano enfadonho.

No seu caminhar, a Mulher nem imaginava que encontraria muitos outros espelhos.

SOU MEU PRÓPRIO PERSONAGEM

A Mulher escrevia-se por meio de muitas palavras: concretas, abstratas, coloridas, macias e ásperas. Não precisava, pois, seguir o comando de escolher uma só, feito um mantra para evocar um poder espiritual ou um deus, repetindo-o ad infinitum até que alcançasse um estado alterado de consciência, transcendendo sua humana finitude.

Mas, se era para seguir as regras, apesar de considerar que essas servem para serem desafiadas e não cumpridas, sairia do celeiro, que preferia chamar de Jardim, com a palavra ESCREVER. Escrever a si própria para descobrir-se. Desvelar-se por trás das muitas máscaras que as pessoas, no seu existir, no viver e no morrer inúmeras vezes durante o percurso de uma vida, vão acoplando à face nua.

Ao entrar no jardim, em vez de encontrar a inocência da brancura dos lírios deixados por um mágico viajante, achou violetas em toda a sua introspecção necessária para que pudessem desvendar o próprio segredo. Segredo que era da escritora e também da Mulher que aprendera com a flor e com a autora a "nunca gritar seu perfume" para, assim, poder "dizer levezas que não podem ser ditas".

O Amor. Por quanto tempo a Mulher acreditou num Amor que deveria ser vivido, sem medo e com total entrega? Cada vez que entrava na ilusão de estar vivendo um grande amor — o derradeiro e definitivo —, a carência a fazia naufragar numa falta impossível de ser preenchida. Não podia doar-se, sem medo ou avareza. Então ela passava a definir-se pelo que lhe faltava. E a matéria de sua falta era ela própria que nunca conseguiu abarcar-se, possuir-se, equilibrando um arcabouço na fragilidade de sua incompletude.

Dentro da Mulher havia um amor grande feito o universo. Universo que ela fora designada (por quem?) a carregar. Um dia já fora leve e conseguira viajar num balão amarelo que carregava sonhos e fantasias.

Agora sabia que não podia dar a outra pessoa aquilo que ela precisava. Nunca fora capaz. Verdade que houve um tempo no qual compartilhou alegrias, encantamentos, afetos e alguns segredos. E, ainda, uma grande sensibilidade que muitas vezes foi confundida com inteligência. Sentir em demasia é feito despetalar uma rosa para possuí-la e ficar apenas com os espinhos. Que ferem e deixam cicatrizes.

A Mulher indagava-se se havia exigido demais da vida. Apesar de ter a certeza de que não tinha mudado de rotas inúmeras vezes por indecisão, desistência ou fraqueza, e sim por estar sempre buscando uma placa, um sinal de que aquele era "o caminho", "o seu caminho".

Quando o futuro chegou — e o futuro era o hoje —, findou embrenhando-se numa floresta de alheamento. Mata íngreme, caminhos que não mais comportavam desvios. Perdida. Para sempre perdida.

Extraviada, grudou-se numa personagem que não parava de indagar-se: Onde deixara as alegrias, os amigos, a esperança? Onde deixara as palavras? E o acreditar no Amor? Por que esse mar de tristeza e solidão?

Inebriada por sensações diversas, a Mulher escutou uma voz. Voltando ao Jardim-Celeiro, viu as pessoas de mãos dadas, formando um círculo. Todas de mãos dadas. Os nomes do grupo eram chamados por ordem alfabética. Esperou para escutar o seu e integrar-se à roda. Silêncio. Uma vez mais ficara à margem. Talvez porque já fora transformada numa personagem inominada. Talvez por ser apenas a MULHER.

ILUSÃO E ENCONTRO

Chegou o tempo em que a Mulher andarilha, tendo o corpo e a alma fustigados de tantas procuras, começou a compreender que o mundo percorrido era sempre o mesmo, mas que seu olhar conseguia desvendar uma pluralidade de realidades abarcadas por esse mundo único.

A cada olhar, a mesmidade do mundo provocava uma epifania das coisas que não conseguira enxergar: o mistério, aos poucos, se revelava.

Indagou a si própria se tudo que buscava não passava de ilusão. Nunca desejara tanto transformar a procura num encontro.

Mas encontro com quem ou o quê? Vinha a angústia da espera. Do não saber. Será que, por trás do que não se pode ver, nada mais haveria a ser visto? Apenas uma névoa escura, indistinta e amorfa. Uma massa homogênea de vários tons de cinza numa tensão ininterrupta.

O espelho no qual um dia viu refletida sua face teria sido uma ilusão? Mas, se a ilusão é a reprodução de algo existente, onde encontrar esse algo, autêntico e único, que era reproduzido no espelho?

A mulher perdia-se em pensamentos. Então desejou não mais pensar. Apenas sentir sem tentar nomear as sensações que vinham aos borbotões. Compreendeu que nenhuma dessas sensações cabia nas palavras. Melhor seria agir como um bicho que não tinha necessidade de palavras para se expressar.

Numa voz lamurienta, disse a Azorka, seu cachorro labrador: "Hoje estou triste". O cão, com olhar indagativo, aproximou-se e pousou a cabeça no seu colo. A cada carinho que recebia esfregava o focinho como a dizer: "Estou com você, sempre estarei".

A Mulher, sentindo o acolhimento do seu cão, deixou-se invadir por uma plenitude serena. Estava sendo compreendida sem precisar de palavras. O diálogo verdadeiro era o encontro de que tanto precisava.

A INFÂNCIA ASSASSINADA

A Mulher estava na janela esperando a chegada do amanhecer. O sol teimava em se ocultar na fumaça cinzenta — ou seriam as nuvens de chuva? Fechando os olhos, reviveu a tragédia.

A beleza e a inocência que transpiravam no ar seriam suficientes para conter a fúria do desejo insano de possuir? Restariam sonhos depois daquele dia? Seria possível, ainda, acreditar no futuro? Ou o amanhã estaria, para todo o sempre, destruído?

De olhos semicerrados, corpo distendido na escadaria da Candelária, a Menina gritava a dor nos estrondos que invadiram a madrugada. Da sua imobilidade, espiava além de onde os olhos podiam ver.

Olhou para o lado e entreviu um Cristo que pendia dos céus com braços estendidos de louvor. Desejou que aqueles braços de bênção pudessem salvá-la. Abraçá-la. Acolhê-la. Então viu. Viu, por detrás dos braços de louvor, uma cruz. Viu gotejar daquelas mãos de cimento um sangue amarelado que se misturava ao escarlate da ferida aberta. E, quando a nuvem desabou do alto, viu a chuva de sangue manchando a brancura dos céus e poluindo de dor a imensa baía distendida sobre o horizonte.

"Por quê?" A pergunta resumia a indignação e a falta de sentido dos fatos.

Cadáveres empilhados formavam montes. Montes de lixo que deveriam ser incinerados para não enfear a beleza do lugar. Esquecidos. Logo adiante as folhas cobriam as calçadas de dourado, enquanto *meninos do Rio* e *garotas de Ipanema* com o dourado na pele desfilavam juventude, desconhecendo o avesso de todo aquele esplendor.

A Menina, da sua pequenez para reagir, sem o saber, assassinou o pensamento, apagou a alma e, calando o grito entalado na garganta, entregou o corpo insensível a um destino que não escolhera.

"Que o Senhor esteja conosco, Ele está no meio de nós."

Na proteção do dentro entre altares, ouros e cegueira, a missa celebrava a vida limpa de miséria, violência, morte.

Do lado de fora, o Cristo, testemunha de pedra, acusava: "Até quando serei apunhalado por tanta ingratidão?".

Silêncio.

"Vingança!", clamaram. Vingança: olho por olho, dente por dente.

Do décimo quinto andar, olhos espiavam pela cidade vestida de orvalho alguma coisa inatingível. Tentando fugir do vazio, procuravam encontrar-se em alguns dos fragmentos de paisagens que cismavam em escapar da visão.

Depois de comungar a transgressão, serei ainda capaz de dizer "Eu sou Clarice, moro numa cidade chamada Rio de Janeiro, num prédio na avenida Nossa Senhora de Copacabana"? Depois da noite insone, em que experimentei o nada até desmanchar-me nele, voltarei a ter referências e delimitações?

A verdade é que se exilara do amor. Da humanidade. De si própria. Ousara transgredir e tornara-se ninguém. Transformara o açúcar do pão da rocha que até então oferecera a doçura, a concretude e a imponência do inorgânico a toda uma cidade, no fel de uma ferida que nunca iria cicatrizar.

A beleza da cidade era tão intensa e despudorada que chegava a dar arrepios. Era uma demasia. Afronta à finita capacidade humana de contemplar, acolher e pertencer. Nos dias mais ensolarados, a boniteza totalmente visível oferecia-se sem recatos, chegando a sufocar. Sim, tinha certeza. Ninguém, jamais, seria capaz de compreender aquelas montanhas elevadas até o céu, aquele mar que alternava momentos de calmaria com ondas acrobatas executando um balé orgástico. Ninguém ficaria impune depois de ver a beleza em transmutação contínua de luz, sons e cores, ouvir a melodia nostálgica e experimentar o encanto daquela cidade. Porque, por trás de toda a boniteza, havia uma paixão crua e sem enfeites que assassinava o ontem e o amanhã e, apagando as aparências, mostrava o núcleo mesmo da coisa, sem disfarces.

Diziam: "Cidade Maravilhosa". Uma cidade feiticeira, cantando uma canção demoníaca para embriagar seus habitantes e desviá-los do prumo: canto das sereias. Saber-se impura para merecer uma beleza tão sólida, tão perto, tão ao alcance talvez fosse a justificativa para tanta angústia e solidão.

"Não!", diriam outros, "sair desta engrenagem é o que importa: uma trégua para que o sol não se envergonhe de amanhecer, a chuva lave a terra escarlate e aquele e tantos outros defloramentos sejam banidos da memória pela brancura de um novo tempo".

Ouviam-se tiros. Gritos cruzando os céus e clarões vermelhos lembravam um tempo de guerra. A Menina estuprada tentava, em vão, cobrir seu sexo exposto. O olhar inocente nos acusava ao perguntar: "Por quê? Por que vocês permitiram? Não deveriam ser vocês meus guardiões em vez de algozes?". Então ela quis se levantar. Faltaram-lhe forças. Lembrou-se, era junho. Iria completar quinze anos. Quinze anos, e todo o sentimento de impotência para conter a violência. Sua vida fora antecipada. Destroçada. Estava marcada pela maldade. Nada mais poderia esperar. A permissão para entrar no amanhã fora demolida. O que fazer contra a condenação de repetir-se naquela cena até o final dos seus dias?

"Vergonha para a humanidade", concluíram. Ódio, angústia, desilusão e tantas outras sensações perturbadoras iam sendo despertadas diante da tela que invadia as salas de estar, para mostrar as cores e, em tempo real, cenas em que a humanidade era dizimada pela prepotência, avidez e cobiça.

Fechando as cortinas, a Mulher abriu a memória e acendeu um cigarro. Então viu. Viu a Menina que um dia fora andando nas areias brancas do reino de uma princesa: PRINCESINHA DO MAR. Experimentou a paixão que sentira ao deixar-se possuir, pela primeira vez, pela vastidão do mar que entrava no seu corpo, despertando a paixão: paixão de uma vida inteira a conquistar.

A Cidade Maravilhosa despertava alheia aos escombros do que um dia haviam sido sonhos, vida, esperança. A beleza, inefável, inatingível, enganadora, sobrevivendo à violência, continuava a expor-se, insolente, no meio da dor e aflição. Continuava a esmagar, com seu fulgor, o luto de todos aqueles que, ousando ultrapassá-la, tentaram descobrir o mistério oculto no avesso do rosto da cidade.

Nas salas de estar, rostos de indignação.

"Não pecarás contra a castidade!"

A Menina sangrava, a vida sangrava, a pureza sangrava. E a cidade continuava a mostrar-se em beleza, extrema e irretocável, indiferente à Menina transformada em Mulher e à Mulher que quebrara espelhos e destruíra máscaras para encontrar o caroço: seco, chupado, feio.

E eles, no gozo da beleza alucinógena, não viam a Menina violentada desaparecendo na poeira da cidade destruída.

Por fim o amanhecer chegou, coberto de vermelhos.

E a voz continuou a repetir: "Não pecarás contra a castidade!".

4 5

PASSADO QUE NÃO PASSOU

Teve um sonho. Não sabia se fora um sonho sonhado ou uma recordação imaginada. Nele, a Menina encontrava quatro caixas num canto esquecido dos guardados e ia abrindo, uma por uma. Dessas caixas, de aparência e formas diversas, um passado que não era feito de memórias, segredos ou recordações ia sendo libertado para trazer você de volta.

Passado que raptou a alma das sensações que faziam a Menina andar, correr, navegar e voar, tão bem e rápido, como um animal fantástico saído dos livros da infância. Animal da Pré-História. Do passado que não passou.

A primeira caixa do sonho era de madrepérola. Alva como algodão, nela estava trancada a fluidez das nuvens onde a Menina guardava amplidões do tempo em que, solta e sem o peso de histórias, pairava nas alturas aéreas. Quando essa caixa se abriu, soprou um som que fez vibrar o meu dentro no ritmo estridente da flauta e penetrou minhas levezas até construir uma ossatura para que eu pudesse dar forma e solidez à criança etérea presa pelo passado. Que não passou.

Depois um trovão, grito estarrecedor vindo das alturas, foi a voz que quebrou a segunda caixa feita de argila escura trabalhada com paciência pelas mãos de artesão que traduziu em figuras os sons vindos de pés pisando a terra sólida do real. E, quando essa caixa se espatifou, fez ressoar a batida seca do tambor que cultivava o silêncio branco dos espaços e germinou a palavra refugiada na boca do poeta. Palavra reveladora da criança presa no passado. Que não passou.

Ainda no sonho, a Menina segurava a terceira caixa, feita de ouro, que, de tanto fulgor, queimou suas mãos ávidas de afago e cegou seus olhos com o clarão de todas as coisas vistas. Com as trevas da saudade, quebrou essa caixa onde guardava as auroras intermináveis de um tempo no qual reinava absoluta num mundo claro e compreendido. Na melodia do crepitar do fogo, vi as chamas do pensamento, aos poucos, sendo engolidas pelas sombras das sensações que desciam nos lilases dos crepúsculos das tristezas, formando um santuário sagrado de angústias e pesares. Até que uma luz prateada envolveu totalmente a visão da criança obscurecida pelo passado. Que não passou.

Chafurdando o lodo escuro do desespero, vi as mãos da Menina abrindo a quarta caixa, de prata, encontrada nas profundezas dos meus oceanos de sentimentos. Quando essa caixa se rompeu, um fio tênue de sangue soltou-se, formando no fluxo e no refluxo das correntezas marítimas uma melodia que liberava a luz da lua e irradiava úmidas gotas de orvalho, Gotas fecundando as palavras que fariam nascer a Mulher, da Menina do ontem. Mas a Menina foi enfeitiçada pela noite do esquecimento. Do passado. Que não passou.

Quando despertei do sonho vivido ou inventado, o passado descerrado das caixas abertas permanecia lá. Habitando o dia, ocupando o claro, regendo a música que não passou. A melodia foi entrando no dentro da Mulher, através do olhar que primeiro sentenciou: "Vá buscar-se na Menina do passado". Mas os olhos do mundo nunca perceberam que a matéria da Menina que se tornava Mulher não era carne, osso e sangue. Nenhum olhar enxergou que ela era feita da natureza mesma em cada um dos seus elementos. Talvez por isso, para ela, não houve o maravilhamento de descoberta das flores, dos pássaros e das vegetações. Porque ela era cada um dos existentes, em comunhão total. Na indiferenciação dos começos, fundida com o absoluto, a Menina era felicidade na desordem, sem nada precisar conhecer, classificar, organizar, explicar e julgar.

Chegou o dia, porém, em que ela passou por um espelho e este lhe devolveu uma forma. Que não era de planta, de pedra, de bicho. Era o humano despertando. Na dor da individualização, a Mulher despregou-se e largou a Menina. O mundo foi se repartindo e, esfacelado, espalhou-se. E, até hoje, a Mulher luta para reencontrar a Menina. Buscando decifrar um passado. Que não passou.

Jogada no presente, a Mulher descobre a escuridão. Do passado que não passou. De um escuro medonho, no qual se perde, sem nada ver. Lembra-se que um dia disseram à Menina: "Você precisa nomear as coisas para poder tê-las". Desde então começaram os porquês, para quês e para onde irei.

A Menina do passado procura a leveza que a Mulher roubou. Segue rastros de sensações perdidas. Pegadas deixadas na neve, de brancura de lírio, transformadas em nuvens distantes que deságuam a música, que não para de tocar. Música do passado. Que não passou. Engolindo momentos, instantes do hoje, persistindo no agora, entrando pelos muros rachados da casa da infância. Murchando as flores que, no agora do passado, são marcas cravadas. Não no seu rosto, onde às vezes vejo uma imagem feita da ilusão de pontos de cores espalhados pelas telas expostas em algum museu. Marcas que flores desidratadas deixaram no meu corpo cristalizado pelo passado. Que não passou.

Na criação do artista, sua boca entreaberta é a flor onde eu era linda, exuberante, esplendorosa. Flor que você não regou e foi despedaçada pelos olhos de fogo dos dragões do desejo. Despetalada pelos vendavais do passado. Que não passou. Flor cujas pétalas são hoje marcas impressas no seu rosto de beleza doída de flor artificial. Formosura intocada e entocada numa esfera de vidro que, neste momento, é espelho onde me vejo na sua face marcada pelo passado. Que não passou.

Minha alma é cansaço de vida que se espalhou nas pétalas de mentira que cobrem sua face, de onde um olhar de vidro me olha. Olhos cegos pela ilusão do passado. Que não passou. E, amando a dor, hoje sou amador na vida que ainda não se concretizou. Dor do amor, que era a beleza inalcançável do lírio amarelo que apunhalou meu coração de criança. Beleza infanticida condenada ao remorso. Mas sua danação não me absolve do passado. Que não passou. É penitência que cumpro, condenada que fui a envenenar-me, aos poucos, com as flechas feitas das pétalas do lírio do ontem, atiradas contra as esperas do meu corpo do presente. Presente que nunca chega e vai abortando o futuro que carrego em mim.

Na tocata em fuga em ré menor, fujo. Apavorada, tento escapar da minha herança de flores despedaçadas. Legado que me devolve a criança morta pela beleza do lírio amarelo. Fujo da morte. Que não passou.

A terra se abre em matrimônio para enterrar a imagem da criança que eu era e você matou. Cresci na forma humana que me foi dada pelo espelho. Mas o que eu era já estava pronto. O que cresceu foi o invólucro, cujo conteúdo o passado aprisionou. E, no hoje, é apenas um retrato desbotado do antes que eram flores: vivas, exuberantes, resplandecentes. Agora são simulacros plantados no jardim de ilusão. Traição da beleza viva lá de fora, na aparência da criação.

Sonhos de uma noite de verão que não desabrochou. O passado, que não passou, envenenou as sementes sagradas do outono que floresceriam na primavera as flores que eram meu modo leve de bailarina na vida. Sem palco nem plateia. Dançando na harmonia dos girassóis. Girando o sol na elegância da garça. Cisne branco no lago negro do passado. Que não passou.

O futuro é uma mentira? Apago o tempo. Encontro paz no cheiro das ervas do travesseiro de lembranças calcinadas pela aridez da pedra negra do passado. Que não passou. Nos meus sonhos desnudo rostos cobertos de pétalas, soprando as cinzas, afagando os cascalhos incrustados nas marcas sólidas do seu rosto de pedra. Do passado. Que não passou. Vou reconstituindo as flores, colando as pétalas espalhadas nos espaços desabitados do presente, cavando, bem fundo, as cinzas vulcânicas até encontrar as raízes da imaginação. Contudo, o passado esturricou com a lava avermelhada do vulcão de palavras a terra que era fértil. O passado soterrou o olhar do girassol, que fazia resplandecer a luz amarela das auroras. De onde desciam, pelas montanhas, cascatas de som. Auroras que irradiavam raios de carícias no corpo, feito do mundo, da criança sequestrada pelo passado. Que não passou. Amanheceres de pássaros e árvores bailando ao som produzido pelas tripas das gambas, ressoando ecos das cavernas rochosas: boca do passado, falando através das flautas doces da infância, dos violinos de barroca ternura, dos cravos virgens que, no hoje, cobrem o caixão da criança morta pelo passado. Que não passou.

Vou desencavar o canto da solidão e escutar vibrações do silêncio que farão agitar as sombras petrificadas do passado. Que não passou. Esses ecos do longe adormecerão a luz do sol. E, quando os mantos das musas cobrirem o tempo com a paz do começo e as sombras condensadas desaguarem mágoas e aflições, o passado poderá, por fim, encontrar repouso num lago branco de lágrimas. Então uma enorme esfera azul envolverá a ostra doente do passado, e dela surgirá a pérola imaculada do presente. E o canto choroso das harpas da criança, sem sepultamento, vai abrir mais e mais conchas. E eu apararei cada lágrima de pérola alva de dor e fiarei um colar com a amplidão do mundo que vou alcançar na superfície do rio do esquecimento. Escalando a brancura e a inocência de cada pérola, deixarei, soterrados no passado, cabras marinhas, cavalos alados, monstros de mil tendões, caranguejos de casco duro da ferocidade da minha falta. Largando as palavras ocas na doçura do acorde da flauta, apagando o brilho das imagens com o sangue espirrado da minha pele rasgada na batida do tímpano que repercute segredos, subirei através de cada pérola do colar da minha infância. Infância guardada na música, contra o inverno da destruição.

Morrerei quantas vezes para viver? Viverei até quando para morrer?

Mas, enfim, neste instante da melodia que escuto, a primavera é promessa protegida pelo gosto da manga-espada, que cairá madura da árvore-mulher, nascida da criança do passado. E essa criança encontrará repouso na música que a devolverá aos bosques. Porque a terra voltará a ser nutrida pelas mãos suaves da deusa Ceres que retornará para fazer verdejar o porvir da infância, amadurecer as frutas e desabrochar as flores.

RAIZ DA PAIXÃO

Já faz tanto tempo! Tempo que perdi e esqueci de lembrar.

Não. Não me pergunte quando ou onde. Como era? Com quem foi? Nada. Absolutamente nada disso importa. Pode ter sido qualquer lugar. As pessoas... Não lembro de suas faces. Nem sei mais de suas paisagens: Quais árvores? Que flores? As casas eram de pedra, madeira ou cimento?

Num lugar antes de o mundo ser, vivia um sentimento. Lá nenhum existir estava exposto, visível. Por fora, era uma planície a perder de vista. No interior havia, somente, a raiz: dente encruado.

A raiz cravava meu dentro com múltiplos tendões que cada vez mais se enterravam e se fixavam na matéria escura do meu ser. Esses braços, à medida que invadiam minhas profundezas, iam retirando da solidez da minha carne, feita de terra fértil e úmida, todo o desejo. Apenas para alimentar sua espera.

Raiz macia e carnosa, bebendo a força no sangue por onde circulava a paixão que talvez um dia me fizesse desabrochar violeta, recatada e misteriosa, que com suas sutilezas faria você se perder em labirintos e entranhar-se em tantos espelhos e enigmas nunca antes imaginados.

Alimentando-se com carne e sangue da minha humanidade ainda embrionária, a raiz se tornava cada vez mais espessa e volumosa. E, quanto mais sugava nutrientes que poderiam expelir o destino humano em mim, mais sementes a raiz espalhava na minha memória vazia. Mas todas essas sementes se dispersaram, como poeira desértica da solidão da origem. À exceção de uma única, fragmento minúsculo da matéria que germinou e, ainda embrião, pôs-se logo a gritar:

"Não quero brotar. Não quero crescer. Não quero ser tronco ou caule, nem verdejar em ramagens. Nem mesmo quero ser flor. Quero continuar na liberdade e na solidão do eterno começo da semente".

Semente: gerando a raiz sem devir. Guardando em estado bruto todas as possibilidades: a infância sem término, o amor sem amanhã, o presente sem ontem. Semente onde o tempo não profanou sonhos, nem destruiu recordações. Escuro onde a eternidade absoluta, livre das contingências da realidade, mostra a face impessoal do homem antes de cair no mundo.

A raiz continuou a se arraigar no meu sono, a fincar sua ossatura no meu íntimo. De repente, encontro-me totalmente encravada em mim mesma. Percebo, então, que minha essência não é mais terra. É água lustral do ventre do caos. Nessa água, ainda não maculada pelo existir na superfície, purifico-me para o sacrifício da vida, flutuando entre cores, sons, sorrisos, gestos. Diluída em todas as sensações que existiam antes de serem transformadas em palavras. Perdida no meio dos acontecimentos ocorridos antes de serem percebidos pela minha alma e vivenciados pelo meu corpo.

A raiz continua a descer fundo, me tomando inteira até chegar ao útero: caverna onde jazem os pensamentos petrificados em conceitos, sepultura das imagens que imobilizaram paisagens, túmulo das emoções acorrentadas pela lógica.

Enfrentando medos e a escuridão do caminho na ponta dos pés, olho em frente para não assustar as sombras que me acompanham. Prossigo descendo com a raiz. Apago a vela cuja chama tremula como uma recordação que se avista em meio a neblina. Com as mãos esparramadas, sinto a umidade das paredes de pedra que conduzem ao porão da casa dos meus refúgios e fantasias, onde me esperam fantasmas que trancafiei num baú de carvalho e fechadura de bronze. Tantas fotos embranquecidas! Quantas moedas pesadas e antigas, cartas amareladas escritas com letras desenhadas e sedutoras! Xales com desenhos florais, chapéus com tules, fitas enroscadas como serpente em repouso, guardando no sono todas as lembranças que buscarei, como mãos vacilantes, desdobrando fitas através de movimentos ondulantes: dança do mar. Os movimentos da dança despertarão a memória soterrada, revolvendo a mais ínfima camada da terra antiga feita de rochedos que me protegem do terremoto que virá, estrangulando o presente. A terra estremece, contorcendo-se com as fitas que rasteiam meus sentimentos, e, assim que eu tocar o medalhão de prata oxidada, que tem um S incrustado (ou será o símbolo do infinito que agora desperta em mim?), a terra se abrirá e dela rebentará água, fazendo ressurgir toda a vida que está dentro do vazio dos vestidos antigos da época onde eu, rainha dos sonhos, avistava da janela meu reino de amplidão e ventania. Dilúvio instalado e eu voltando ao alto do sótão, donde comandava meus exércitos invisíveis enquanto aguardava ser raptada por meu Robin Hood, que viria rápido e corajoso fazer jus ao longo tempo de espera. E antes que se fizesse noite eu ouviria as batidas cadentes do trotar do seu cavalo, acalmando a terra onde construiríamos nossa morada. E então eu me despojaria da minha coroa real, dos bordados, das pompas e das posses. Abandonaria meu reino a perder de vista e, nas brumas do amanhecer, atravessaria a vidraça para o lado de fora da casa de paredes sólidas e alicerces firmes. E, aí, eu já não seria rainha. Seria a fada das florestas cuja casa não tem paredes, tetos nem limites.

Na quietude do subterrâneo alcançada pela raiz está a paz: deserto onde, num dorso de camelo e com o rosto encoberto por um véu negro, viajo entre beduínos. Mas o sepulcro do sagrado, que guarda a relíquia deixada pelo Deus que nunca brotou para a claridade e até hoje permanece raiz, foi profanado quando o olhar estrangeiro quis entender. Foi violado pelas palavras que tentaram traduzi-lo. Ouço choque de lâminas provocando relâmpagos refletidos na caverna onde deixei a semente. Ouço gritos. Trovejar de canhões. Ruídos escuros vindos do porão: invasores chegando. Profanando criptas onde sepultei minhas crenças junto ao túmulo da mártir que ousou derrubar todas as paredes e fez ruir o teto da casa natal e no desabrigo esperou. Esperou, sem cansar de esperar. Esperou ao relento, habitando o vento junto aos existentes do mundo. Até que um dia sua teimosia de esperar pelo amor (que, entretanto, não veio) foi queimada na fogueira da compreensão. Condenada como bruxa, cuja heresia foi a de invadir e habitar uma casa estranha e soturna, sem paredes nem telhado, feita apenas da raiz que estuprou a terra e gerou filhos de solidão que rastejam como serpentes nas profundezas, cinturando a alma de negro e cegando, com raios do sol escuro, as promessas enganadoras das cores do arco-íris.

Ficarei na raiz. Submersa na atemporalidade da noz, dentro da casca que protege a inexistência. Porém, do lado de fora, você espera o meu despertar, enviando ondas que pulsam, dançando ao som da criação da palavra que me tornará matéria.

Não vai chegar. Nenhuma recordação vai chegar. Onde ficou minha invenção? A inércia gerando a raiz. As palavras caladas, adormecidas na raiz. O repouso no meu absoluto não dizer.

Hoje, meu silêncio radical não é completude. Não é expressão. Tampouco reproduz o sentimento que era minha face antes do mundo existir. Meu silêncio é o eco do penetrar da raiz: repetição da dor do meu corpo sendo dilacerado pelo descer das suas veias, ramificando-se e arraigando-se na terra estéril que hoje sou, caminhando resoluta em direção ao centro. Centro que é a alma do mundo num presente absoluto — eternidade que expulsou o tempo. Por isso meu silêncio de raiz é tão somente eco. Ressonância da inércia do meu corpo resistindo a deixar-se penetrar pela raiz e dissolver-se no centro.

Ecos. Ecos da dor da criação. Você continua aguardando pelas minhas palavras. Mas elas não vêm. Ecos da raiz cavando, infiltrando-se: metástase em todo o meu corpo inútil. E a raiz continua a crescer, numa enormidade infinita. Tão sem fim como essa ansiedade que ainda nem é sentimento instalado, mas apenas a intuição de que estarei perdida ao deixar de ser raiz e crescer em paisagens. Paisagens que minha visão habituada ao noturno do antes da compreensão e da ordem não suportará.

Sei bem quanto o estou frustrando. Porque você anseia pelas minhas divagações. Precisa dos meus devaneios para sair de um mundo rígido e ordenado. Cadê meus delírios provocados pela febre de vida inflamada?

Se eu pudesse parar de escrever, iria pintar. Pintura naïf. Quero o antes do ingênuo, muito antes da inocência do primitivo começo do ser. Quero figuras incrustadas nas grutas primitivas. Traços desordenados de criança bem pequena na grandeza do não saber. Então, jamais voltaria para os silogismos. E não precisaria mais concluir. Você me compreenderia em silêncio e me deixaria no repouso do noturno da raiz.

Raiz: arauto da morte que possui minha alma feita do vazio onde existo antes de florescer na existência finita.

Você continua a me exigir. E grita através do olhar penetrante, querendo enxergar meu dentro e desnudar a raiz. Exasperada, meu silêncio estrondeja em ruídos claros, respondendo a todas as suas indagações, dizendo simplesmente:

"Não sei! Não sei! Não sei! E é preciso que você saiba que não há qualquer ironia nesse não sei. Estou sendo direta. Nunca fui tão sincera como nesse mutismo de raiz. Antes eu me perdia e pedia para você me encontrar, hoje nem sequer cheguei. Aquilo que falei antes, nos meus estados febris de vida, nunca foram confissões. Apenas queria fazer você acreditar em fantasias".

Mas onde estou? Não estou.

Raiz.

Não espere que eu diga, deixe-me descansar. Porque até meu cansaço perdi.

Onde estão as palavras? Talvez seja preciso criar um alfabeto para voltar a comunicar-me. Um alfabeto que não terá letras, signos ou coisas. Será formado por cada emoção guardada pela raiz.

Criarei, também, um novo planeta habitado pelas percepções que farão gestar palavras radicais. Palavras feito imagens que, a um simples tocar, se desmancharão, entrando pelos poros e circulando pelas veias. Palavras como mãos de moribundo no leito de morte, querendo penetrar no seu corpo e fincar a raiz na sua alma que chora. Palavras que, nutrindo-se de saudade, poderão renascer em árvore. Seguro as palavras com mãos que logo estarão amparando a matéria inerte da morte. Mas minha invenção será tão inútil que talvez você venha a se zangar. Porque esse mundo novo será, apenas, escuta de uma liberdade grande e incontida. Nada poderá ser feito além de entregar-se, anulando todas as finalidades e abolindo os *para quês*? Nesse mundo não terei face, ego ou quaisquer objetivos. Tampouco lhe ensinarei as virtudes que o tornariam melhor e fariam a vida mais suportável. Muito menos consolarei suas aflições quando o silêncio for a resposta de todas as indagações. Meu fazer, construído por palavras radicais, produzirá espelhos onde você verá suas angústias, escutará gritos de dor, sentirá o corpo cortado pela navalha da solidão. Nesse universo de raiz, estaremos condenados a viver num presente interminável.

Sim. Está decidido. Escreverei um livro contendo a plenitude do excesso germinado pelo sentimento guardado na raiz.

Se tiver de usar palavras, é somente porque não sei dançar a música da criação, pintar ou esculpir as percepções da raiz. Mas buscarei a linguagem primitiva para falar das vivências sensoriais da raiz. Em cada palavra você desvelará meu corpo informe e, nele penetrando — tronco oco coberto de musgo —, viverá as sensações de uma viagem fora do tempo, gravitando feito átomos no vazio absoluto.

Náufrago de si mesmo, verá a terra, sem que nela possa andar; verá a água e não poderá nadar, sentirá a brisa trazida pelo mar, sem, contudo, poder respirar.

Ah! Você reclama, mas por que me entreguei a um fazer tão sem mais-valia? Fazer um livro do nada, sem história com começo, meio e fim.

Precisarei reaprender a sair da unidade cósmica e a dividir o mundo em céu, terra e água, colocando o ar da estratosfera mais elevada, para então fazer a luz do fogo da criação.

Juro que jamais perguntarei novamente: Por quê? Vou prescindir de explicações, demonstrações, comprovações. Abolirei todas as quantidades, e não haverá 1, 2, 3..., primeiro e último. Anulados os silogismos e os logaritmos, apenas emprestarei a máscara do meu rosto para ver ressoar os ecos da raiz embutindo-se no meu dentro.

Inércia. Minha impotência de ser.

Como é ter uma vida? É viver o dia, a tarde e o anoitecer? É ocupar cada instante do tempo com um fazer? É ser monocromático? É abolir a imaginação? É conhecer a si mesmo pela razão? É duvidar das percepções do mundo e exigir provas, explicações? É produzir e ser útil?

Quero desistir de mim, que hoje está no não sou. Decidi: vou ficar na impessoalidade de raiz. Mas sua espera é a mão que arranca a raiz e fere a terra. Seu desejo é força infernal que penetra minha intimidade para me fazer ramificar no solo através de galhos que lhe dariam abraços, de copas sob as quais você encontraria descanso, de flores cuja beleza lhe revelariam sonhos esquecidos no sótão da casa da infância.

Fecundação. Estou gestando a semente que virou raiz. Sei que você me quer verdejante, num devir de flor.

Já faz tanto tempo... Esqueci de lembrar. Esqueci de como é viver. Esqueci de como é amar. Desaprendi a chegar.

Raiz: nunca mais poderei partir. E você não mais chorará para alimentar a árvore do amanhã que eu seria para lhe dar minha solidão.

SUBTERRÂNEO

Apaguem as estrelas, retirem a lua do céu, vedem com a tarja negra do luto olhares mergulhadores que insistem em invadir as profundezas marítimas, para que eu possa continuar a viajar na solidão. Um corpo enorme do tubarão, nadando entre peixes-borboletas que dançam em suas caudas, ritual de transformação da minha bondade cristalizada pela indiferença do mundo!

Que possam os peixes-cobra rastejarem a humilhação que sofro a cada respingar da gota de chuva ressoando, na minha janela, o riso da zombaria. Espalhem, nos muitos braços de polvos, os abraços que nunca dei, entre cardumes de negras garoupas e tartarugas verdes em extinção. Extinção da minha espera de abraçar a humanidade.

Enquanto a dor borbulhava nas profundezas marítimas, na superfície a indiferença do mundo penetrava a pele fina da Mulher. Ao chegar ao tempo em que o clarão de sentimento ofuscou a sensatez que a mandava aceitar o comando da lei adaptando-se, sem revolta, a Mulher, empurrada de supetão, mergulhou no abismo e gritou: "Estou despencando nas funduras do mar!".

Na tela da TV, imagens tremidas mostravam histórias que poderiam ser dela, mas que foram roubadas por eles. Eles, que entraram na vida determinados a alcançar o sucesso. Eles, que têm lugar garantido na festa: festa de gestos, poses, aparências, exibicionismos e mentiras. Mentiras pomposas, mentiras respeitadas, mentiras poderosas. Mentiras feitas da própria voz arrogante ecoando a vaidade, a falsidade e a prepotência que poluíram a transparência da minha infância, onde eu encontrava a bondade ao mergulhar nos amarelos de um tempo marcado pelos bailados dos polvos que afagavam meus braços com abraços da humanidade.

Quero a leveza do flutuar, mas continuo afundando. Tento nadar, mas meus braços adquiriram a rigidez da pedra e da morte e, em vão, se contorcem, para se libertar das tocas de lagostas onde escondo meus medos.

Quero libertar-me dos risos falsos da traição que foi transformando minha bondade em rocha calcária e me jogou à margem. À margem da bondade, do amor, da vida. Traição que estampou a marca da diferença no rosto que enfeitei, tentando entrar na festa. Marca de tinta vazada pela caneta com a qual eu escreveria a palavra mágica que me tornaria visível a eles. Eles que, me desconhecendo, celebravam a vitória na festa para a qual não fui convidada. Eles que, com suas falas engomadas para encobrir os amasses de suas almas e com o brilho falso de suas atitudes, feriram fundo minha emoção até atingirem o torpor do meu sentimento, onde a dor doía tanto e sem parar que me tornou insensível à ofensa. Eles que, com a hipocrisia, expulsaram a dignidade para trás. Detrás do balcão, onde atendo a arrogância, detrás das longas filas de espera, detrás das vitrines, dos anúncios. Detrás das máscaras de mergulhar que invadiram os subterrâneos da infância e flagraram minha fragilidade.

Detrás das palavras engasgadas na minha timidez, com as quais eu iria arrancar a presunção de suas faces horrendas e concretizar minha vingança, rasgando todas as máscaras que encobrem a intolerância.

Por detrás da máscara triste e séria da prostituta, a Mulher esconde um segredo. Segredo revelado quando um sorriso quebrou a geleira de sua solidão. Segredo do amor descoberto quando o Outro penetrou no seu corpo prostituído pela posse de tantos homens e encontrou sua alma virgem. Uma alma enegrecida por eles. Eles que, na casa de luzes vermelhas, celebrando a festa da mentira, esporraram no seu corpo branco dejetos e excrementos, banindo sua esperança de conciliação com a humanidade,

Uma voz em riste vinda de trás do rosto da prostituta, acusa a nós todos, participantes da festa da vida: *Saibam que para fracassar minha humanidade tive, antes, de ganhar muito, galgar inúmeros degraus, chegar ao topo e depois cair. Tive muitas cheganças em lugares diversos, aprendi muitas verdades, participei de muitos brindes e abraços para, depois, abrir passagem ao esquecimento e alcançar o não lugar dos excluídos, preteridos, estrangeiros.*

À margem. Sempre à margem, a Mulher vê a festa deles: gargalhadas, discursos, ovações celebrando o vazio do seu fracasso. Fracasso que foi o espaço, o tempo, o alicerce sólido para eles construírem magnificências ocas. Fracasso que foi o solo fértil onde eles plantaram flores de beleza artificial, atitudes e pompas que fazem o show espetacular da vida.

Fracasso que é o palco onde eles encenam o espetáculo da festa. Por isso a Mulher não partiu. Quando o Outro chegar e acender a crença da salvação, sua bondade voltará a brilhar e ela estará pronta a perdoar, "pois eles não sabem o que fazem".

Sem suspeitar que a dor gravada no olhar triste de prostituta refletira sobre o Outro, salvador, o fracasso que era também dele, a Mulher esperava o abraço. Porém o Outro, ao mirar-se num espelho que refletia o fracasso que desconhecia, viu sua bondade sendo transformada em raiva. Raiva porque a Mulher o havia contaminado com a mancha da ofensa deles, da qual ele se julgara imune.

A festa continuava, e o Outro foi se embriagando da arrogância e do desprezo deles. Então o tempo, que antes flutuava a dor da Mulher nas algas marítimas, paralisou. Interrompendo o gesto que iria salvar a Mulher da solidão e do escárnio deles, brotou no Outro uma impotência diante da culpa que ultrapassava seu perdão. Foi quando ele soube, num instante de aflição, que por pertencer ao reino dos fracos teria que cometer um crime monstruoso. Só assim poderia preencher o vazio de uma culpa grande como a ausência do pai, da mãe, da família, da ternura. E, despertando do sonho feliz ao lado da Mulher, viu os restos da bondade, mansa como o riso da prostituta, presa na toca de subterrâneos marítimos, viu seus braços de pedras esmagando a esperança que emergiu na lágrima chorada pela Mulher. E essa lágrima, tocando o ponto nevrálgico do amargor, lançou o Outro na mais completa escuridão, onde sepultou um sentimento esfolado como aleijão exposto.

O riso de escárnio abafava o desespero da Mulher, derramando sal no ferimento aberto que ela não conseguia esconder e que jamais seria cicatrizado. Quando a chuva pingou as lágrimas da Mulher na janela da casa vermelha, veio o pânico. O Outro sucumbiu de vez. Com a força e a fúria da covardia, penetrou a alma limpa da prostituta, fazendo o silêncio da Mulher gritar bem alto: "A dor foi tão dentro que já não dói em mim!".

Na sua bondade, a Mulher desejou salvar o Outro da maldição e o perdoou. Ao absolvê-lo, salvou a réstia de humanidade que habitava entre as sombras. Sombras que, até hoje, assombram com a decência do detrás do rosto sério da prostituta, a festa da covardia, deles, que baniram a bondade para os subterrâneos da dor.

SOBRE A CURA DA ALMA NA MAGIA DA ESCURIDÃO

A Mulher queria apenas curar a dor que se instalara na sua alma desde... Nem sabia precisar desde quando. Tantas coisas vivera... Acumuladas num cotidiano que foi desmantelando os prazeres e as alegrias da Mulher. Saciando a sede da novidade. Do inédito. Do deslumbramento.

Talvez, desde quando não fora mais capaz de correr, voar e navegar feito um ser fantástico saído dos livros de magia e encantamento.

No hoje escrevia tristezas. Acreditava que, transformadas em palavras, elas deixariam sua alma e seriam água pura da chuva que lavaria mágoas e prepararia o solo para receber sementes de amanheceres de luz e a música dos noturnos de Chopin e do mar de águas tranquilas.

A Mulher foi compreendendo que precisava entrar na escuridão para cegar o olhar das coisas visíveis. Desejava muito mais do que o real. Queria o inimaginável. Aquilo que não podia colher com humanas mãos. O que não caberia em nenhuma palavra. Desejava entrar nos espaços brancos das imagens retratadas em telas, onde nada está registrado. Ali, na ausência da forma e da cor, está a alma da pintura. Assim como nas entrelinhas está o sentido do que foi escrito.

"Qual a grande ferida da alma?", indagou-se a Mulher. A solidão, talvez. Não a solidão de estar sozinha, isolada.

Mas o perder-se a si mesmo, aos poucos. Desintegrando-se. Feito poeira cósmica caindo sobre o universo. Quando o nosso "eu" se esfacela, novas estrelas surgem carregando as múltiplas partes de nós mesmas. Ali, nesses pequenos astros, a imaginação pode inventar quantas verdades forem necessárias para viver.

Nesse momento de tristeza, a Mulher sabia que era preciso não desistir de encontrar a doçura do existir. Mesmo que esse doce não fosse sentido no primeiro degustar e que, devagarzinho, fosse ultrapassando o amargo que o encobria, espalhando-se em toda a boca. E, depois, desaparece.

Assim é o amor, concluiu a Mulher: uma sucessão de sentimento e sensações que às vezes acontecem uma única vez e outras renascem, mantendo a mesma emoção.

EXERCÍCIO DE AQUIETAR NOSTALGIA

Não era daquelas que se sentiam na obrigação de realizar as três tarefas que diziam dignificar o humano: plantar uma árvore, ter um filho e escrever um livro. Mas a vida levou-a engravidar de raiz, da eternidade e das palavras. De forma que, mesmo sem plena consciência, completou o ciclo de maternidade, colhendo rosas de suculentas mangas, parindo a si em filhos de muito amor e construindo mundos que a salvaram do real.

Depois de dar-se inteira a cada um desses nascimentos, ao chegar no hoje, repetido em espirais, pensou: se a fórmula fosse verdadeira, ela, que já fora tão fértil, deveria sentir-se mais saciada de vida, menos angustiada de compreensões.

Engano. Ao esvaziar-se de fecundidades e amanhãs, encontrou-se num sertão de afetos, numa míngua de procura e aridez de encontro. Olhando para trás, não se recordava do verdejar branco das cores, do pasto e das colheitas, dos sóis e das águas que fora, um dia.

A memória tornara-se açude seco e opaco. O álbum de retrato que folheava ausente não devolvia a felicidade dos passeios da família, o frenesi do movimento da casa, a borbulhar odores e alegrias, o ritmo, a pressa, a certeza de chegar lá.

Tampouco a leitura do que já escrevera reconstituía as sensações, perdidas, do processo: respiração ofegante, acelerada, disparada, obediência dócil aos ditames do arcanjo que lhe anunciara haver sido ela a escolhida.

Sim, havia uma imobilidade nas folhas, um amornar paralisante do vento, um espreguiçar do mar, represando, nesta mansidão, a energia que conectava as coisas aos fatos. E as palavras nutridas no seu sentir agora eram insetos capturados num vidro.

Impregnado de nostalgia, constatou que a vida até então vivida não era a dele, mas de um manequim vestido de seus atos e desejos. Vitrine de nomes e imagens capturados pelo caçador de incompletudes. E quanto a ela, tão afeita a impossíveis, inundações e abundâncias? Tornara-se um fantasma soluçando pelos cantos da casa mal-assombrada.

Precisava reaprender a escuta do silêncio rangendo a porta com o vento norte. Persistir na escuta, abraçada ao medo, tremulando galhos de árvores ancestrais que nela habitavam. Acreditar que, pela porta entreaberta, fragmentos de solidões e fatias de mundo retornariam em revoada. E ela seria capaz de, mais uma vez, receber essas estranhezas com a habilidade do encantador de serpentes e a delicadeza do primeiro orvalho. Porque somente construindo, com terra batida, uma ossada para sua saudade, lograria a feitura de um corpo para o som do navio ao deixar o cais. E poderia iluminar a noite, vestir pedras e palavras com pele, ocupar o vazio que restou depois dos vendavais do sul ocasionando derrubada dos ninhos e desviando as sementes a serem plantadas.

Por isso naquela noite, ao ouvir o canto do sabiá, remexeu palavras e escavacou sons. Comprometida com ecos e luminâncias, voltou a escrever à toa. Na liberdade de andarilho que transvê o mundo num piscar de pirilampo. Sem avidez, esperas ou lembranças, escreveu-se na entrega devotada do olhar do cão. Aceitando. Sem perguntas, nem formosura, solenidade ou suculência de polpas e verões. Escreveu-se no nada, no chão, no voo parado do beija-flor. No sangue coagulado da espera pela velhice. Na demência. Preguiça. Despindo cada palavra da maciez de pele, entranhando-se na concretude do caroço.

Quando o dia acordou o amanhã, ela, acariciando paisagem de infinitudes e inércia, escutou sua mudez. Então viu a nostalgia dissipar-se em gargarejar de sapos e lagartixas que desencaparam seus olhos com sussurros e beijaram sua boca com delírios. E, tornando-se o alvorecer, ela não precisou mais compreender.

UMA CASA NO MEIO DO NADA

A noite é anunciada pelos pontos de luz que começam a brilhar. Olhando para cima, a Mulher sente que encontrou um abrigo. Uma casa de teto estrelado, sem paredes, portas ou medos. Sem delimitações.

Fica feliz porque se dá conta de que ali poderia compartilhar o universo inteiro. E não mais sofreria de solidão.

A primeira convidada a chegar foi a lua. Uma lua tão grande e bela que, com sua luz cor de prata, indicou os caminhos para que a Mulher, sem pressa e com atenção, verificasse o que havia naquela Casa. Olhando para o chão, viu o reflexo estelar que guiaria seus passos nos corredores daquele espaço que ela esperava poder chamar de lar.

Sobre a imagem de uma estrela de luz avermelhada, descobriu um recipiente. Parecia um utensílio usado pelos nossos ancestrais para armazenar alimento. Mas ali, em vez de restos de comida, encontrou mensagens pintadas no que pareciam ser pedaços de ossos, de tamanhos e formas diversas. Apanhou, aleatoriamente, uma dessas mensagens e, com o coração em disparada, leu:

Como nas histórias que eu havia lido sobre fadas que encantavam e desencantavam pessoas, eu fora desencantada.

A Mulher sempre acreditara na existência e no poder das fadas. E, num momento crucial de sua vida, eis que recebe um comunicado. Surpresa, tenta decifrar o sentido. Qual encanto havia sido quebrado? Qual ilusão estava sendo rompida? Até então, quem era ela? Uma Mulher enfeitiçada que vivia uma vida que não era real, que não lhe pertencia?

Seguindo o caminho mágico, deparou-se com um espelho. Espelho de metal oxidado. A imagem que via era distorcida. O Espelho mostrava pedaços da vida de alguém que, até então, estava enfeitiçada: figuras, pensamentos, sensações. "Num desses espelhos a mulher deixara sua verdadeira face."

A chuva invadiu o espaço. Chuvas fortes e ventania que sopravam música de temores. Mas, dessa vez, a Mulher não se deixou dominar pelo medo. Compreendeu que ela mesma era o escuro da noite e o sopro dos ventos.

A solidão, que sempre a assombrara, poderia ser sua melhor amiga. Aquela que estende a mão, recolhe lágrimas, compreende seus silêncios, transmite num abraço, mesmo a distância, todo o calor e afeto que apazigua a alma, numa alegria mansa e bem-aventurada.

A esperança aqueceu seu corpo. Naquela Casa, anteviu pedaços de histórias que ainda iria viver. O futuro lhe acenava. Um futuro que era o agora.

Parada no meio do Nada, desencantada do feitiço que a fizera ser outra, lhe veio a certeza de que não iria parar de buscar-se. De plantar sementes de indagações sobre os mistérios da vida. Porque o simples fato de existir era um mistério muito maior do que as aflições de sua alma. Continuaria seu caminhar, de pés descalços e com o sentimento de que pertencia a algo muito maior do que tudo e todos do qual estivera sempre à margem.

Seu caminho, doravante, seria feito de palavras, desbravando florestas, enfrentando perigos do desconhecido, vencendo os receios que até então a aprisionavam. Não precisaria de portas para proteger-se de intempéries. Tampouco de janelas para apreciar a beleza do mundo. Ela mesma era o mundo.

Voltando ao lugar onde encontrara o recipiente, notou que, além das frases pintadas em ossos, havia um lírio, uma carta e um Espelho que projetava o fogo, a terra, a água e o ar. O Universo, cuja definição é um **todo inteiro**, estava refletido naquele espelho: todos os seres que são capazes de sentir — lenientes —, reunidos num todo único e harmônico.

E, feito um caleidoscópio, florestas, campos, mares, rios, lagos, constelações, flores e frutos, e tudo que se podia imaginar, surgiam no Espelho. Até mesmo os sentimentos, as sensações e todas as emoções podiam ser apreendidas através do Espelho.

Era preciso, tão somente, abrir o coração e fundir-se ao Universo.

Foi assim que a Mulher, leve feito uma pluma, adquiriu asas e voou em busca de novos sonhos.

A MULHER E AS PALAVRAS

Sentou-se meio desanimada e começou a pensar. Chamou as ideias, mas estas não responderam. Na verdade, abismava-se com a carência destas. Ela, desde menina tão inventadeira, estava se deparando com a carestia do desejo de buscar a palavra, a frase, a expressão. Uma sensação de que, se por acaso encontrasse algo, não compensaria o esforço da procura. Era uma fadiga de pernas e de mente.

Mas precisava criar. Depois de tantos experimentos, decidiu que o escrever era seu rumo e seu destino. E agora não podia desistir. Iria até o fim. Colhendo desperdícios, catando vazios, juntando insignificâncias, abrindo frestas para desenterrar memórias e cavar perdidos. Não pretendia nada grandioso ou eloquente. Queria mesmo era compor um silêncio. Desses definitivos. De fazer calar as palavras e ofuscar as visões. Silêncio da madrugada, autossuficiente de beleza que não comporta argumentações, dispensa discussão. Que é capaz de enformar o (não) saber numa lata de sopa para denunciar a arte, transformada em mofo. Mofo que adere no tronco das árvores, grudando nas raízes.

Não desiste. Fechando os olhos, persiste. Em vez de ideias, vê coisas. Não coisas diferentes, extraordinárias. Coisas simples e corriqueiras que sempre estiveram ali, ao alcance da vista e das mãos.

A Mulher não está vendo o outro lado, o avesso, um novo ângulo. Não. Vê o que sempre lhe foi oferecido. E essas coisas cotidianas, de repente, tornam-se os achadouros de que fala o poeta que acabara de ler. "Mas como posso dizer que achei algo que nunca perdi, que sempre esteve aqui, nesta mesma posição?", indagava-se.

Neste momento, percebe-se como liberdade. A ausência de ideias pode ser algo maravilhoso! Em vez de pensamentos, coisas. Em vez de saberes, sensações. Em vez de histórias, vida instantânea. Em vez de formas, vazio.

Nos achadouros, a Mulher encontra uma multiplicidade de mundos registrados em vasos com flores na mesa, espelhos nos quartos, perfume na penteadeira, retratos na cômoda, panela no fogão, roupas penduradas no banheiro. Acabou-se o segredo. Mistério desvendado. O baú da Menina, trancado à chave, de repente se abre. Aquilo que desvela mostra o que sempre esteve lá. Deslumbrada, descobre que essas coisas guardam os primeiros gritos da terra e mostram ilustrações rupestres, tanto das coisas já narradas como daquelas possíveis de serem inventadas.

Abisma-se. Afinal, estava fazendo uma grande descoberta: não precisava de ideias ou temas para escrever. Nem mesmo necessitava de personagens! A matéria-prima podia ser palpável, descomplicada e banal. Os objetos — naturais ou inventados — que faziam o cenário do dia a dia, as criaturas-homens e bichos — que conhecia — podiam ser transpostos para os livros. Desejou que seu escrever tivesse a sinceridade e a precisão de uma câmera fotográfica. Desejou que os pensamentos, tal qual Adão ao comer a maçã proibida, fossem expulsos, para sempre, de sua cabeça. Para substituí-los, árvores já crescidas, baobás ancestrais com começos enraizados no chão. Presente e futuro esticados em galhos, atravessando o corpo e o tempo para chegar ao mundo de fora.

De repente, a Mulher entristece: *Será de alguma valia para o corpo ou para a alma transpor o mundo de fora, tão simples e completo, para o dentro de livros?* E se ninguém viesse, por gosto ou precisão, acocorar-se nas sombras das árvores, enternecer-se com o cantar dos passarinhos, conversar com formigas e lagartos, colher estrelas à noitinha? E se nem pássaros, peixes, ovelhas em cenários campestres, criança subindo em mangueira, avó fazendo tricô, Menina escutando histórias, mãe acariciando filho, e se nada nem ninguém quisesse permanecer nesses novos mundos? Decerto seria triste. Bem triste mesmo, porque o mundo inventado iria empalidecer devagarzinho, até desaparecer por completo da superfície do papel e das fundezas do coração.

Então a Mulher, temendo pelo destino de sua criação, passa a ver palavras como barquinhos de papel navegando ilusões em riachos, poças, tanques e banheiras. Navegando, tranquilos, pelas margens de meninos descuidados e amantes sonolentos. Avista palavras enchendo o oco do pensamento com as doçuras do caldo de cana da infância que seria reinventada por essas imagens.

Decide juntar palavras desimportantes, lavadas de informação e arrogância, com o mesmo prazer com que um dia juntara conchas na beira da praia. Uma coleção de palavras transformadas em coisas da natureza misturando-se àquelas já existentes.

Sem se dar conta, a Menina foi desperta pela Mulher, voltara a uma de suas brincadeiras favoritas: reciclar tudo o que chegava às mãos, fazendo surgir novas coisas. Agora, ela usava palavras feito argila, moldando imagens. Retirava, cuidadosamente, toda a solenidade das palavras e, depois de lavá-las e despi-las, formava coisas que antes não existiam. Nessa brincadeira, desprezava palavras ensinadas e ficava somente com as descobertas.

Não que ela quisesse mudar o nome das coisas existentes, chamando, por exemplo, cadeira de *sentador* ou céu de *coberta da terra*. Queria mesmo era inventar aquilo que não conseguia ver ou expressar.

Entregando-se àquele não saber com prazer idêntico àquele com que descobrira a leitura de palavras impressas nos livros, viu palavras surgindo à sua frente feito sons: zumbido de abelhas, folhas largadas dos troncos, crepitar do fogo. Outras vezes as palavras chegavam em forma de sensações que, numa noite de solidão, se alojavam devagarzinho no seu interior.

E assim a Menina permaneceu, esquecida do tempo e do mundo, a escrever um livro das descobertas que caberia, inteirinho, no sorriso de felicidade que ria no seu corpo de Mulher.

AS VÁRIAS FACES DA MULHER

Escrever é fruto da melancolia? Sim, é exercício de dor, calvário de uma vida guardada no antes das palavras.

Você só sabe escrever na falta? Sim, sou feita da falta que me habita. Minha dimensão é esse vazio que, quanto mais tento preencher, mais vai sugando todo o meu fazer. Mas preciso confessar meu medo. Tenho muito medo. Porque sou tão múltipla e diversa quanto as palavras que me expressam. Essa pressão, destituída de fatos, a palavra não conta. Pressão para dentro: pulsão. Apesar do tédio, não preciso preencher as horas vagas: já esvaziei todas as horas e vagueio no vazio do tempo, enquanto você sugere que eu esqueça um pouco essas preocupações abstratas e olhe para fora, deixando-me guiar por um novo destino.

Prosseguindo, a Mulher cumpre seu destino de, a cada oriente, renascer para a morte, do outro lado do mundo. No intervalo do percurso da vida para a morte, refaz o paraíso perdido, juntando-se às palavras desgarradas dos livros, das mentes, de toda a racionalidade. Como loucos que escaparam do hospício e ameaçam a paz do mundo com alucinações, essas palavras fugitivas seduzem através do som vindo da solidão.

Para escapar do Vermelho da sedução e da dor ancestral, a Mulher precisa existir na claridade do dia através da palavra nomeadora. Então ela se torna Clara. Vocês a chamam: Clara!

LIBERDADE

Nunca mais voltarei a ser a mesma. A liberdade era azul, vermelha ou branca? De que cor é sua liberdade? Neste momento, minha liberdade perdida é ocre da terra do Oriente. Dourada como os sóis. Todos os sóis que um dia, num deserto inabitado, me banharam de luz e brilho divinos. A voz da minha liberdade já não me pertence. Ela fala pelo som longínquo que vem do Oriente, estranhando meu corpo humano com imagens do paraíso perdido. De delírio em delírio, fui me libertando de cada uma das amarras, e, sem âncoras ou elos, meu pensamento flutua em idas e vindas, entre passagens e paisagens perdidas da vista, deixando um cheiro, uma cor, um rosto incrustado na memória. Tal como as flores, agora murchas, que um dia irradiaram levezas e sonhos numa floreira de prata.

Amarelo, vermelho ou azul? De que cor prefiro meu mundo? *Blue*, de uma tristeza azul que vem da solidão do náufrago e se perpetua na guitarra, no lamento das ondas, na canção de exílio dos escravos.

O amarelo do sol da infância foi engolido pelo vermelho. Toda a fúria do vermelho da capa do toureiro, cegando sua vítima enquanto o som da castanhola fazia borbulhar o sangue no cálice da vagina murcha da Mulher, inundando o desejo num riacho de águas poluídas pelo esperar sem fim do amante que nunca veio.

No tempo do ontem disseram à Menina: à primeira estrela que despontar, faça três pedidos. Todo dia, com os olhos grudados no firmamento, assim que as estrelas apareciam, pedia sempre a mesma coisa. A resposta aos pedidos foi uma mágoa tão imensa e sem fim que teve de compreender, através do próprio corpo desolado, que a entrega à saudade do não vivido foi a estratégia encontrada para manter vivo, pulsando em latência na imaginação, o amor que nunca possuiu. E assim prosseguiu lutando, desafiando todos os obstáculos.

No momento do hoje a Mulher suspira: "Ah!". Como me fere de morte essa liberdade vazia. Tão vazia que preciso preenchê-la de palavras para não asfixiar na dor de ser. Enfeitiçada pelo encantador de serpentes que adivinha segredos, entrega-se à cascavel que rasteja seu corpo nu, injetando veneno na alma possuída por mil demônios que a cada anoitecer rompem a paz e reproduzem o desejo exposto em todas as telas que proliferam a ausência revivida.

Nos vermelhos poentes do sol, a Mulher naufraga na solidão do mar. Do alto-mar rebelde, de ondas arrebentando fúria dos invasores que, em vão, tentam dominá-lo.

Ao sentir o cheiro de maresia e de sexo enlouquecido que a levaria ao inferno para salvar a Menina soterrada na explosão das esperanças, a Mulher confessa: "Nunca deixei de ser a criança aguardando o presente extraviado. Mesmo agora, envelhecida pela desilusão, continuo a esperar".

5

A MULHER E AS MÁSCARAS

A Mulher procura nas palavras suas tristezas e alegrias: emoções. Quer desmanchar tudo que é matéria e celebrar a Vida inaugurada no som sagrado do órgão que faz ressoar a voz que vem das lonjuras, no repicar do sino que chama. A cada badalada, uma lágrima. A cada lágrima, um lamento — etapa vencida do processo de anular-se, deixando algo boiar como letrinhas no prato de sopa da infância. Ou seria da pia batismal, onde me purifico para pronunciar as palavras sagradas que chegam perpassando o vitral e trazem para a sala o odor da fogueira em que Joana D'Arc queima minhas heresias? Lá fora, o cheiro de violência, de desafetos, da indiferença. Diferença que agora vai se tornando indistinta da totalidade que está contida nas palavras sagradas que vão surgir da pia batismal.

Amanhã vou ao cinema. Hoje não ligo a TV, por onde passam pessoas que nunca conhecerei, elas nunca vão me amar nas palavras que me fazem ressuscitar para você.

Apanha antigas anotações. Náufraga de sua própria liberdade, a Mulher retoma um caminho sem direções. Não, de fato nada toma. Entrega-se. Há um campo magnético na escrita que puxa uma parte do escritor. Assusta.

A existência devastada por um temporal deixou a vida desnuda. Limpa e selvagem. A destruição se abateu sobre ela, fazendo ruir todas as suas conquistas e memórias. Sem proteção nem defesa, grita para o mundo o estranho: "Sou! Meu rosto ostenta a morte do humano: fim da civilização, tecnologia e conquistas. Neste momento, meu ente é apenas a existência desnuda que se oferece à visão".

Para que a Mulher possa ser vista, será preciso restituir o rosto. Ter uma face que será vista para além dos olhos que apenas enxergam uma forma. Um retrato duplicado, uma saudade reproduzida.

Como é o rosto da vida que vai se aproximando ao som da canção "Brasil, mostra tua cara!", pergunta-se: "E eu, que tive a face pessoal desfigurada pelo ácido da desesperança, pelas navalhas do desacreditar, pelo soco do desamor?".

Continuando, indaga-se: "Fui deusa ou feiticeira? Será que a ira divina petrificou paisagens e pessoas? Destruiu cidades inteiras, pelo fogo do castigo? Brasas das antigas esperas tramadas por uma vida vivida por um longo tempo até descobrir que não era a dela crepitam aos pés da Mulher".

Com que rosto irei para a festa do sol onde celebram a prosperidade humana, vitórias, invenções, razão absoluta, cruel e solitária, subjugando tudo e todos pelas leis do ser que não consegue ler no rosto do outro a palavra de Deus?

Náufrago da sua liberdade, o rosto da Mulher boia nos olhos que apenas conseguem ver sua própria face refletida. Seu rosto ressoa nas vozes que profanam o som sagrado com ruídos de soberba, pompa e orgulho. Meu rosto é escudo com o qual tento proteger o santuário da deusa que um dia fui nas florestas do alheamento, onde eu era vista e acolhida.

O que não é natural? Essa crueldade que vejo me é inerente? Encontro no órgão a voz perdida: voz do mundo, do sopro divino.

Por que, agora, não escuto os sons das florestas, dos mares, dos céus que celebravam a existência?

Estou tão atrasada! Murmura. Mas continuo procurando meu rosto. Com que rosto eu vou?

Houve épocas em que possuía uma coleção de faces. Ou era uma só que os olhares viam de diferentes modos? Podia estar em qualquer lugar. Mas agora sua face humana está dilacerada. A face impessoal continua perdida no olhar do outro que não conseguiu desvendar a palavra que escreveria seu rosto.

Maria, onde deixei a chave da gaveta que guarda o segredo?

Calei seus olhos que me devolviam a face que não quero vestir. Desisti do amor? Abandonei a paixão? Apodreço na solidão?

Hoje sou apenas existente que se funde à luz que passa pela brecha da porta fechada do mundo de fora. Então se realiza o milagre. Vislumbro minha face pessoal, num simples fragmento de luz que me chega no seu olhar e me devolve ao horizonte. Milagre ou técnica? Apenas aceitação desse outro infinito suspenso no horizonte de um ponto de luz.

E a epopeia humana? E as batalhas, os desafios, as conquistas? A grande marcha: o som surdo de pés marchando, machucando o chão. Cadê os exércitos? Não há ninguém. Apenas o eco dos passos daqueles que já se foram. De exércitos que ainda estão por vir.

Náufraga de liberdade. A porta de onde vem a réstia de luz deixa a solidão entrar na sala. Por trás da montanha, o véu negro e transparente que separava a face que a olhava da imagem presa na parede torna-se morcego. Morcego que chega para cegar a claridade do entendimento. Então pergunta de novo: "Com que rosto eu vou? O véu — morcego que baila suas enormes asas negras — mostrou a face que um dia foi minha". Ela então vê marcas. Cicatrizes impressas no mármore, desenhando no chão as veias das mãos que já foram oração e carícia. E agora é morte de sua humana face.

Com que rosto voltarei para minha vida pessoal? Rosto de cera de museu, rosto dos faraós, eternizado no tempo? Rosto de máscara de plástico reproduzindo marcas, máscara de ferro amparando dores e desilusões?

Porque seu rosto é o da liberdade que está detrás da colina que avistou quando entreabriu a porta da cidade.

Com que rosto eu vou?

Não queria escutar o rebanho passando, pastando. Não queria adaptar-se à vastidão de campos. Entretanto, é tão bonito ver a maioria unida, compacta, tomando o contorno de uma enorme face de um mundo do qual fui expulsa. Queria tornar-me submissa e dócil ao processo de ser. Obediente, silente, repetindo um caminho de ida e retorno. Há, nesse ritual, uma exaltação. Mas há também uma melancolia enorme nesse ordenamento em que a maioria celebra vidas, espera amores, constrói futuros. Em que cada um enverga uma face, idêntica às demais, como uniforme de operários que produzem com suas próprias mãos sonhos que nunca vão alcançar. Espera pelo outro que devolverá seu rosto humano. Outro, deus e criador.

Harmonia/dissonância. A Mulher, com passos titubeantes, anda pelo quarto. Lembra-se da juventude, desejando encontrar seu rosto do ontem, rosto de rebeldia e coragem.

Escuta uma música e, nas dissonâncias da guitarra e do sax, encontra um antigo rosto de pedra. Vê um caminho espiralado, labirinto onde se perdeu e do qual jamais sairá.

Enfim, reencontra sua face humana e as marcas de um passado que não consegue lembrar. Passado apagado pelo tempo dos aplausos para um rosto que já não é o seu.

Cansada, deita-se. Precisa dormir. Fugir da claridade trazida pelas lembranças. Quer estampar no rosto o impossível, que ainda deseja alcançar. Buscar as palavras dos amarelos da infância para construir sua história.

Um vento forte abre a porta. Um grito ordena: "Feche a porta!". E sussurra: "Adeus". Nas asas do morcego, não precisará de rosto para regressar à Vida. Vida muito maior do que as fraturas deixadas na face de gesso, das marcas esculpidas no rosto de pedra, dos vincos impressos na face humana.

Abrindo o véu de voile negro, encontra a imagem da velha que segura sua vida no livro: EPÍLOGO.

PARALELAS

Paralelas. Para elas. Que guardam tantos segredos dourados em bolsas, potes e xícaras. Caixas de pandora desvelando levezas do movimento da bailarina, rodopiado, rodopiando. Varrendo angústias, atravessando escuros, abrindo portas, acendendo estrelas, germinando flores e cheiros que exalam do chá servido em porcelana tão branca e radiosa que até o aguadeiro celeste desceu das alturas para nutrir a terra com o néctar feminino.

A bailarina com seus arabescos flutua na terra, acolhendo solidões das paralelas. Desejando criar pontos de interseção.

A água materna expande o azul nas linhas paralelas. Para elas, meninas-mulheres, mulheres-meninas que encarnam personagens diversas e brilham faíscas, fazendo surgir passarelas. Paralelas. Para elas. Que cuidam de desejos e enraízam sonhos germinados da terra que se renova em infinitos recomeços. Esperança.

Nas passarelas livros se abrem, e deles emana o Sagrado que por meio de anjos aponta caminhos. Guardiões das passarelas da vida. As paralelas que um dia se encontrarão no infinito, unindo mundos diversos, entrelaçando os amarelos da infância aos vermelhos desejos da Mulher.

Paralelas. Para elas, que produzem a música celestial e ninam pequenezas, abolindo o tempo e inaugurando um não lugar onde, finalmente, poderemos ser.

Para elas, nosso amor e nossa gratidão.

EPÍLOGO

BRANCO/BRANQUIDEZ/BRAN**CURA**

Houve um tempo em que andei nas cores do arco-íris, tentando encontrar um rosto que me definisse e perdurasse, vencendo o tempo.

Houve uma época em que procurei, nos sons do mundo, escutar a voz que fosse alicerce.

Hoje sei que, para mostrar o invisível, cores, formas e texturas tentam alcançar a zona de escuridão, permitindo a epifania do mistério.

Hoje sei que, para falar o indizível, as palavras lutam contra a linguagem, buscando o Silêncio.

Branco e Silêncio: antídoto para o olhar perfurante da sociedade do espetáculo, da onipresença de Deus, do invasivo do Outro, da pressa, da *hybris* — excesso de luzes e solidão —, tornando visível e audível o que já estava lá. No vazio, no intervalo. No momento-agora.

Branco e Silêncio da cegueira sábia de Tirésias.

Branco/Branquidões/Bran**CURA**, libertando-me dos grilhões dos amarelos da Menina e dos Vermelhos da Mulher, trazendo o Silêncio do mundo.

... DEPOIS DA CURA, SOMENTE ALEGRIA

Muitas estradas foram percorridas até o alcance da Cura. Tempestades, inundações e secas, enfrentadas.

Ao acontecer a cura, a vida ressurgiu esplendorosa com todos os seus contrastes, humores, encontros e despedidas.

Um olhar de acolhimento à inteireza da Vida passou a habitar o olhar da Menina/Mulher. Afinal, ela pôde ser FELIZ.

FONTE Minion Pro
PAPEL Pólen Natural 80 g/m²
IMPRESSÃO Paym